プログラム

キャスト

香川 真琴（かがわ まこと）

合唱が大好きな主人公。両親の不仲が原因で、香川県の小豆島から表参道高校に転校してきた。

夏目 快人（なつめ かいと）

真琴のクラスメイト。クラスでのランクは１軍。部活動はしていないが、それには理由があって……。

谷 優里亞（たに ゆりあ）

真琴のクラスメイト。クラスでのランクは１軍のトップ。美人で芸能活動もしている。

香川真琴の家族

香川 美奈代（かがわ みなよ） 真琴の母。東京で真琴と暮らしている。オモコー合唱部OG。

香川 雄司（かがわ ゆうじ） 真琴の父。香川で暮らしている。オモコー合唱部OB。

香川 真弓（かがわ まゆみ） 真琴の妹。香川で父と暮らしている。

原田 万歳（はらだ ばんざい） 真琴の祖父。蕎麦屋『万歳庵』の店主。

原田 知世（はらだ ともよ） 真琴の祖母。

相葉 廉太郎 (あいば れんたろう)
合唱部の部長で、真琴のクラスメイト。クラスでのランクは圏外。マジメな性格。

佐々木 美子 (ささき みこ)
合唱部のメンバーで、真琴のクラスメイト。クラスでのランクは圏外。ネガティブな性格。

山田 アンドリュー (やまだ あんどりゅー)
合唱部のメンバーで、真琴のクラスメイト。クラスでのランクは圏外。気弱な性格。

引田 里奈 (ひきた りな)
真琴のクラスメイト。クラスでのランクはぎりぎり1軍。周囲の空気に合わせるタイプ。

宮崎 祐 (みやざき たすく)
元・合唱部のメンバーで、真琴のクラスメイト。ある事件が原因で引きこもりになっている。

桜庭 大輔 (さくらば だいすけ)
真琴のクラスメイト。クラスでのランクは2軍。野球推薦でオモコーに入学した。

桐星 成実 (きりぼし なみ)
真琴のクラスメイト。クラスでのランクは2軍。いつも一人でピアノを弾いている。

表参道高校の先生たち

鈴木 有明 (すずき ありあけ) 合唱部の顧問。指導はまったくやる気なし。

瀬山 えみり (せやま えみり) 合唱部の副顧問で、真琴のクラス担任。

大曽根 徳子 (おおそね とくこ) 校長。合唱部を温かく見守っている。

天草 五郎 (あまくさ ごろう) 教頭。合唱部を廃部にしようとしている。

涙そうそう　作詞　森山良子／作曲　BEGIN

古いアルバムめくり　ありがとうってつぶやいた
いつもいつも胸の中　励ましてくれる人よ
晴れ渡る日も　雨の日も　浮かぶあの笑顔
想い出遠くあせても
おもかげ探して　よみがえる日は　涙そうそう

一番星に祈る　それが私のくせになり
夕暮れに見上げる空　心いっぱいあなた探す
悲しみにも　喜びにも　おもうあの笑顔
あなたの場所から私が
見えたら　きっといつか　会えると信じ　生きてゆく

晴れ渡る日も　雨の日も　浮かぶあの笑顔
想い出遠くあせても
さみしくて　恋しくて　君への想い　涙そうそう
会いたくて　会いたくて　君への想い　涙そうそう

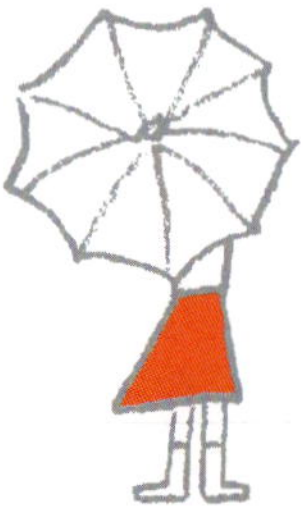

over drive　作詞　YUKI／作曲　TAKUYA

もっと遊んで　指を鳴らして　呼んでいる声がするわ
本当もウソも　興味が無いのヨ
指先から　すり抜けてく　欲張りな笑い声も
ごちゃ混ぜにした　スープに溶かすから

夜に堕ちたら　ここにおいで……
教えてあげる　最高のメロディ

あなたはいつも　泣いてるように笑ってた
迷いの中で　傷つきやすくて
地図を開いて　いたずらにペンでなぞる
心の羽根は　うまく回るでしょ？

音に合わせて　靴を鳴らして
あたしだけの　秘密の場所

走る雲の影を　飛び越えるわ
夏のにおい　追いかけて
あぁ　夢は　いつまでも　覚めない
歌う　風のように……

夜に堕ちたら　夢においで……
宝物を　見つけられるよ……
信じてるの

愛しい日々も　恋も　優しい歌も
泡のように　消えてくけど
あぁ　今は　痛みと　ひきかえに
歌う　風のように……

走る雲の影を　飛び越えるわ
夏の日差し　追いかけて
あぁ　夢は　いつまでも　覚めない
歌う　風のように……

翼をください　作詞　山上路夫／作曲　村井邦彦

いま私の願いごとが
かなうならば　翼がほしい
この背中に　鳥のように
白い翼つけて下さい
この大空に　翼をひろげ
飛んで行きたいよ
悲しみのない　自由な空へ
翼はためかせ　行きたい

いま富とか名誉ならば
いらないけど　翼がほしい
子供の時　夢見たこと
今も同じ　夢に見ている
この大空に　翼をひろげ
飛んで行きたいよ
悲しみのない　自由な空へ
翼はためかせ　行きたい

TOMORROW　作詞　岡本真夜，真名杏樹／作曲　岡本真夜

涙の数だけ強くなれるよ
アスファルトに咲く　花のように
見るものすべてに　おびえないで
明日は来るよ　君のために

突然会いたいなんて
夜更けに何があったの
あわててジョークにしても
その笑顔が悲しい

ビルの上には　ほら月明り
抱きしめてる　思い出とか
プライドとか　捨てたらまた
いい事あるから

涙の数だけ強くなれるよ
アスファルトに咲く　花のように
見るものすべてに　おびえないで
明日は来るよ　君のために

季節を忘れるくらい
いろんな事があるけど
二人でただ歩いてる
この感じがいとしい

頼りにしてる　だけど時には
夢の荷物　放り投げて
泣いてもいいよ　つきあうから
カッコつけないで

涙の数だけ強くなろうよ
風に揺れている　花のように
自分をそのまま　信じていてね
明日は来るよ　どんな時も

涙の数だけ強くなれるよ
アスファルトに咲く　花のように
見るものすべてに　おびえないで
明日は来るよ　君のために

涙の数だけ強くなろうよ
風に揺れている　花のように
自分をそのまま　信じていてね
明日は来るよ　どんな時も

明日は来るよ　君のために

スペシャル サンクス

脚本 櫻井 剛（さくらい つよし）

1977年茨城県生まれ。2001年『青と白で水色』で日本テレビシナリオ登竜門大賞受賞。以降，ドラマ・映画・アニメーション等，幅広く活躍。ドラマ『マルモのおきて』（フジテレビ），『ビギナーズ！』（TBS），『限界集落株式会社』（NHK）など意欲的なストーリー作りを続けている。

小説 桑畑 絹子（くわはた きぬこ）

アニメ脚本家として，『おじゃる丸』（ＮＨＫ）などを執筆。2008年より児童書執筆にも携わる。主な作品は，『5分後に意外な結末』（学研教育出版），『ジ・エンド・オブ・マジック』（ポプラ社）など。

装丁	山口 秀昭（studio flavor）
表紙イラスト	佐藤 おどり
巻頭イラスト	ミヤワキ キヨミ
小説協力	西岡 小央里
校正	佐藤 玲子，宮澤 孝子
DTP	有限会社 マウスワークス

本書は，2015年にTBS系列で放送されたドラマ『表参道高校合唱部！』を底本として，小説化した作品です。ドラマ制作に携わったすべての方々に，この場をお借りして，心より感謝申し上げます。

編集部

【TBSテレビ】

編集協力　TBS系金曜ドラマ『表参道高校合唱部！』プロデューサー
高成 麻畝子・大澤 祐樹

宣伝協力　宣伝部：三浦 信志
マーケティング部：江利川 滋
映像事業部：後藤 直紀

企画協力　ライセンス事業部：新名 英子

表参道高校合唱部!

涙の数だけ強くなれるよ

脚本：櫻井 剛　小説：桑畑 絹子

Gakken

序曲　涙そうそう

♪　古いアルバムめくり　ありがとうってつぶやいた
いつもいつも胸の中　励《はげ》ましてくれる人よ
晴れ渡《わた》る日も　雨の日も　浮《う》かぶあの笑顔《えがお》
想《おも》い出遠くあせても
おもかげ探して　よみがえる日は　涙《なだ》そうそう

香川県小豆島《かがわけんしょうどしま》。

港には合唱部員の高校生たちの歌声が響《ひび》いていた。三十から四十人の部員たちは、今日この島を旅立っていく、たった一人のために合唱している。

そのたった一人の人、香川真琴《かがわまこと》は、フェリーの甲板《かんぱん》でジッと歌声に聴《き》き入っていた。

『これがこの町で聴く最後の合唱か。……ソプラノ、アルト、テノール、バス。混声四部《こんせいしぶ》。大好きなハーモニー……』

真琴の母・美奈代《みなよ》は、真琴から少し離《はな》れたところに立っていた。合唱の旋律《せんりつ》に耳を傾《かたむ》けながら、口ずさんでいるようだ。母は甲板の上にいる。しかし、父と妹はここにいなかった。

『地球にはハーモニーが必要である』

さっき、真琴が考えた名言だ。この地球には何十億って人間がいて、みんながそれぞれの声を持って生きている。そのすべての声でハーモニーを奏《かな》でられたら、世界は平和でいられるのだろうけど……

真琴は、港に横付けされた軽トラックに目をやった。『うどん香川や』の軽トラックだ。助手席から真琴の妹・真弓《まゆみ》が降りてこようとしている。父は……きっと降りてこないだろう。父と母は、もうすぐ離婚《りこん》するらしい。

「二十年近く連れ添《そ》った夫婦でも、音がズレたら不協和音か……」

真弓がタラップを駆《か》け上がってきた。

「真弓」

「これお父さんから、餞別《せんべつ》やて。三万円入ってる」

真弓は真琴に封筒《ふうとう》を手渡した。

「真弓、お父さんのこと、頼《たの》んだで」

「うん。お母さんのことは任せたけん」

「わかっとる」

これから姉妹は離ればなれで暮らすのだ。これが今生《こんじょう》の別れってわけではない。むしろ、そんなことにしないために二人で決めたことだった。でも、やっぱり離れて暮らすのは寂《さび》しくてたまらない。真琴は真弓をしっかりと抱《だ》きしめた。

♪　晴れ渡る日も　雨の日も　浮かぶあの笑顔
　想い出遠くあせても
　さみしくて　恋しくて　君への想い　涙そうそう
　会いたくて　会いたくて　君への想い　涙そうそう

合唱は続いている。フェリーを降りた真弓が手を大きく振《ふ》っている。真琴は涙《なみだ》をこらえたが、それでもあふれ出てくるものは止められなかった。

ボ――

歌が終わるのを待たず、出発の汽笛が鳴り響いた。部員の一人、親友の蓮見《はすみ》杏子《きょうこ》が合唱の列から飛び出して叫《さけ》ぶ。

「真琴、元気でな！」

「うん、ハスミンも」

「東京でも合唱続けてな！」

真琴は大きくうなずき、一つの紙包みを掲《かか》げた。仲間たちが真琴のために歌ってくれた、合唱のCDが入っている。

「これ、お守りにする！」

フェリーが港を離れていく。フェリーを追いかける部員たち。真琴は大粒《おおつぶ》の涙をぬぐうこともなく、懸命《けんめい》に手を振った。真弓もフェリーを追いかけてくる。

「みんなありがとう。真弓！　また歌おな、家族四人で！」

『そう、これから私は東京で歌う。

ばらばらになった家族を取り戻《もど》すために。

家族の歌を取り戻すために……』

第1曲　over drive

1

規則的な走行音に、ときおりレールが軋《きし》む音がまじる。ここは東京、満員の地下鉄の中。ぎゅうぎゅうに詰《つ》め込まれた人の真ん中に、香川《かがわ》真琴《まこと》はいた。今日、新しい高校に初めて登校する。

「うぅ……」

息苦しさに思わずうなる。聞こえてくるのは、服がこすれ合う音、スポーツ新聞をめくる音、愚痴《ぐち》を言い合うヒソヒソ声、ため息……。東京はハーモニーどころか、不協和音の集合体だ。真琴は自分が大都会にいることを改めて実感した。

ガタン！　カーブに差しかかったのか電車が大きく揺《ゆ》れた。真琴も乗客たちもグラッと揺れ、カチカチのスシ詰めが少し解ける。揺れが収まると、人々は再びギュッと密着した。

「ん？」

体の後方に違和感《いわかん》があった。この状態で、後ろの人と体が触《ふ》れ合うのは当然だが、何か不自然な感じだ。スカートの上を人の指、手のひらが滑《すべ》る感触《かんしょく》がはっきりある。何者かがお尻《しり》をなでている。

「！　！　！」

こ、こ、これは……痴漢《ちかん》だ！

真琴は固まった。だが恐怖《きょうふ》よりフツフツわいてくる怒《いか》りが勝《まさ》った。不届き者をこのままにしておくものか！

手を伸《の》ばした。するとすぐに男の腕《うで》に触れた。そのままガシッとつかみ、腕を持ち上げる。

「痴漢は、いかん！」

憤怒《ふんぬ》の表情で振《ふ》り向き、男をにらみつけた。

「痴漢？」

さわやかな声だった。その声がよく似合う端正《たんせい》な顔立ちの少年は、目を丸くしていた。高校生だろう。脂《あぶら》ぎったおじさんではないことに驚《おどろ》いたが、真琴はひるまずにらんだ。

「いかん！」

事態を理解した少年の顔に、みるみる困惑《こんわく》が浮《う》かんでくる。

「違《ちが》う……違う違う違う！」

真琴につかまれたまま腕を必死に振る。その手にはスマホがしっかり握《にぎ》られていた。つまり、痴漢などできない状態だ。

間違えた！　真琴はパッと手を離《はな》した。

電車が次の駅に到着《とうちゃく》する。ドアが開いて乗客がどっと降りていく。その群れの中に、明らかに慌《あわ》てて遠ざかろうとするサラリーマンらしき中年男がいた。

「あ！」

「あ！」

真琴と少年は同時に叫《さけ》んだ。「こいつが真犯人だ！」とわかったのだ。

「ちょっとおっさん！」

少年は電車を降り、人の流れをかき分けながら中年男を追いかける。しかし、犯人らしき男はよろめきながらも素早く人ごみに紛《まぎ》れ、姿が見えなくなってしまった。少年は犯人確保をあきらめざるを得なかった。回れ右をして、電車のドア前まで戻《もど》ってきたが……。無情にも、少年が再び電車に乗り込む寸前でドアが閉まった。

「あぁー」

少年をホームに残したまま、電車は走り出していく。真琴は、窓の向こうに遠ざかる少年へ拝むように手を合わせた。「ごめーん」と、少年に読み取れるように口の形を動かす。少年はただ呆然《ぼうぜん》と見送っていた。

2

地下鉄表参道《おもてさんどう》駅の出口から飛び出した真琴は、いやな感触《かんしょく》が残るお尻《しり》をさすりつつ、表参道を駆《か》けていった。

大きなケヤキの並木道。有名ブランド店やセレクトショップやカフェが立ち並び、人の流れが絶えない。東京でも指折りのおしゃれな街に、真琴の通う表参道高校はあった。

創立百周年の記念プロジェクトとして十年前に建てられた新校舎は、カーブを多用した凝《こ》ったデザインだ。外壁《がいへき》はベージュを基調としており、センスの良さと同時に落ち着いた印象を与《あた》える。

校門の門柱には、つる植物でアーチが架《か》けられていて、その緑のアーチを生徒たちがくぐっていく。

男女ともにグレー地の制服。男子はボタンのない詰《つ》め襟《えり》で、上着には濃紺《のうこん》の縁取《ふちど》り。女子も上着に縁取りがあり、胸元には学校のエンブレムが縫《ぬ》い付けられている。白いブラウスの首元にはリボン。スカートの裾《すそ》にも濃紺のラインが入っている。

校門の前に立つ真琴は明らかに浮《う》いていた。制服が間に合わず、真琴だけ小豆島高校の制服のままだ。紺色のブレザーに白いブラウス。ひざ下まである紺のスカート。都心の高校では最近見かけないシンプルで昭和なデザイン……はっきり言えばダサい制服だ。

真琴はギュッと目をつむり、頬《ほお》を自分の手でパンパンパン！　とたたいた。転校とは異世界に飛び込むこと。気合いを入れ直すと、校門の向こうへ足を踏《ふ》み入れた。


職員室より教室より先に、真琴がやって来たのは中庭だった。

枝葉を広げる大きな木があり、その幹を囲むように円形のベンチが設置されている。ベンチの前に立った真琴は、ポケットから写真を取り出した。色あせた古い写真に映っているのは、表参道高校の制服を着た若い男女。円形のベンチに仲良く並んで座っている。

真琴は手を伸《の》ばし、写真の風景と目の前の風景を見比べた。

大きな木、ベンチ、花壇《かだん》……

二つの風景がピッタリ重なった瞬間《しゅんかん》、真琴は微笑《ほほえ》んだ。

間違《まちが》いない、ここだ。若き日の父と母が愛を育んだ場所だ。

「香川さん、何してるの？」

不意に声をかけられ振《ふ》り返ると、入学手続きのときに一度顔を合わせた、瀬山《せやま》えみりがいた。

真琴が転入するクラスの担任教師だ。真琴は瀬山の質問はおいといて、一番気になることを尋《たず》ねた。

「この中庭で、合唱部は練習するんですよね?」

期待に満ちた弾《はず》んだ声。両親が所属していた合唱部に入ることが、転校先に表参道高校を選んだ最大の理由だった。しかし瀬山の反応は期待どおりではなかった。

「は?」

瀬山はポカンとしたが、すぐに吹《ふ》き出すように笑った。

「それ、いつの話?」

「え……」

予想外の答えに、今度は真琴がポカンとした。

予鈴《よれい》のチャイムが鳴る。瀬山は慌《あわ》てて校舎に向かい、呆然《ぼうぜん》としたままの真琴を手招きした。

「ほら、香川さん、早く。教室に行くわよ」

「は、はいっ」

「すぐ呼ぶから、ちょっと待っててね」

そう言って、瀬山は教室に入っていった。まず生徒たちに挨拶《あいさつ》し、新しい仲間――真琴――を登場させるらしい。転校生が来た朝のおなじみの流れだ。

「やべ、やべやべやべ」

遅刻《ちこく》寸前らしき男子生徒の悲鳴と足音が、一人廊下《ろうか》で待つ真琴に近づいてくる。

「あ！」

真琴はびっくりした。駆け込んできたのは見覚えのある顔。地下鉄で出会った、あの少年だった。目が合った瞬間、少年が先に驚《おどろ》いた声をあげた。

「あ、痴漢《ちかん》、いかん！」

少年も、真琴の顔を覚えていたようだ。

「さっき私、勘違《かんちが》いしてごめっ……」

「ごめん！　犯人逃がしちゃった」

真琴が謝《あやま》るのより早く、少年は申し訳なさそうにそう言った。

「へ？」

真琴はキョトンとしてしまった。怒《おこ》っても仕方ないのに謝るなんて。

「俺《おれ》、夏目快人《なつめかいと》ね」

少年は簡潔に自己紹介《じこしょうかい》すると、後方のドアから教室に入っていった。入れ替《か》わりに瀬山が廊下に顔を出す。

「じゃあ入って」

「はい……」

真琴はスーと大きく深呼吸した。


「はい。このクラスに転校生が来てくれました」

真琴が教室に入ると、生徒たちは色めき立った。口々に「この時期になんで？」「どんな子？」などと言い合う。

「自己紹介して」

瀬山に促《うなが》された真琴は教卓《きょうたく》の前に立った。

「みなさん、おはようございます！」

屈託《くったく》のない声で挨拶する。どんな転校生か様子をうかがう目が集中する。真琴は気にせず、黒板に大きく名前を書いた。

「香川から来ました。香川真琴です！」

教室がドッと沸《わ》いた。図《はか》らずもベタなダジャレになった発言がツボにはまったのだ。

「香川から来た香川って」

「どんだけ香川？」

大きな声で茶化したのは竹内風香《たけうちふうか》と相原《あいはら》ほのか。後方の窓際《まどぎわ》の席に座る二人を中心に、女子グループが顔を見合わせニヤニヤしていた。明らかに小バカにしている表情だが、真琴は気にもとめず自己紹介を続ける。

「私、この表参道高校では、名門として有名な合唱部に入ろうと思ってます」

一瞬《いっしゅん》、教室に沈黙《ちんもく》が走った。瀬山が困ったように眉《まゆ》をひそめる。女子グループの中の一人、引《ひき》田里奈《たりな》はあざ笑うように疑問を投げかけた。

「名門？」

里奈の言葉で沈黙が破られると、教室内は再びざわついた。なぜだか『合唱部』はＮＧワードらしい。

「じゃあ歌ってみてー」「私も聴《き》きたーい」などと声がする。それらの声には、ちょっと意地悪な響《ひび》きがあった。

が、……

「かしこまりました。それでは聴いてください、大地讃頌《だいちさんしょう》！」

真琴は息を吸い込み、大きく口を開けた。

♪　母なる大……

「香川さんっ！！！」

慌てて瀬山が歌をさえぎった。教室がどよめく。何、今の？　本当に歌おうとしたの？　まさか！　なんてＫＹ！　田舎者《いなかもの》？　笑える！

瀬山はぎこちない笑みをうかべて言った。

「歌は大丈夫だから、あそこの席に着いてくれる？」

「あ、はい」

瀬山が指し示した席に着く真琴を、一人の女子生徒がじっと見つめていた。

ストレートの長い黒髪《くろかみ》。白い肌《はだ》。優雅《ゆうが》なたたずまい。整った顔立ちの中でも、大きな瞳《ひとみ》が特に印象に残る。彼女の名は、谷優里亞《たにゆりあ》。

優里亞は風香たちのそばにいたが、真琴を茶化したりせず、ただ微笑んでいた。

3

終業を告げるチャイムが鳴る。転校一日目の授業は何事もなく終わった。真琴は手早く教科書を片づけ、教室を飛び出した。合唱部の入部手続きをするためだ。

「香川さん！」

華《はな》やかなオーラを身にまとった女子生徒が、真琴を追いかけてきた。勢い込んでいた真琴も思わず足を止める。

「えっと……」

「私、谷優里亞。よろしくね」

「うん、よろしく！」

真琴はまだクラスメイトの顔と名前を把握《はあく》していない。ただ、優里亞がクラスのマドンナであることは、一目瞭然《いちもくりょうぜん》だった。なにせ美少女としての桁《けた》が違《ちが》う。

優里亞は、はにかみながら真琴との距離《きょり》をつめた。

「お話してみたかったんだけど、チャンスがなくて……。私、人見知りだから」

「あ、そうなんだ」

「ねぇ、香川さん合唱好きなんだね」

「うん！　香川にいるときから合唱三昧《ざんまい》」

合唱の話を振《ふ》られたことがうれしくて笑《え》みがこぼれる。しかし優里亞の後ろから相原ほのかが現れ、水を差した。

「遊ぶとことか無さそうだもんね、香川って」

ほのかに続き、風香と里奈が真琴を囲むように集まってきた。風香が恩着せがましく言う。

「かわいそうだからウチらが案内してあげるよ。竹下通りとか」

「たけ……？」

首をかしげる真琴。それにかまわず、ほのかが続けた。

「でもあの辺ウザくない？　スカウトとか」

「すかうと……？」

まったくピンとこない真琴をおいて、風香とほのかはスカウト談議を始めた。ボブカットの風香と、ロングヘアのほのか。二人とも——優里亞には及《およ》ばないが——ビジュアルのレベルは高い。たとえばアイドルグループの一員にいたとしても違和感《いわかん》はないだろう。

「わかる。昨日も五、六人に声かけられて、なかなか前に進めなくてさ。超イラついた。名刺《めいし》はもらっといたけど」

風香はマジシャンのようにスカウトの名刺を広げて見せた。

「スッゲ！　さすがだね！」

里奈がショートカットの髪《かみ》を揺《ゆ》らし、名刺をのぞき込む。大げさなくらい目を輝《かがや》かせて。

なのに、風香は顔を曇《くも》らせた。

「でも優里亞に比べたら全然だから……」

「もう完全に芸能人だもんね、優里亞は」

ほのかもうなずく。

真琴は目を丸くした。

「げーのーじん？　え、テレビ出てるの？」

「いやいや、普通《ふつう》にお仕事だから」と優里亞は手を振って謙遜《けんそん》する。

「普通にって、みんな優里亞みたいになりたいんだよ」

憧《あこが》れの眼差《まなざ》しを向ける里奈に、優里亞は少し困った表情を見せた。

「そうだ！　みんなに見せたいものがあるの」

何かを思い出したように、風香がスマホを取り出した。

「コイツ見てよ」

動画サイトに投稿《とうこう》された映像らしい。画面の中では、ネコ耳の少女が歌い踊《おど》っていた。

曲はJポップ。アップテンポの明るい曲調に合わせて少女が生き生きと歌っている。ハロウィンでつけるような派手な仮面をつけているので、顔はわからない。

「何、これ?」

「『ネコ娘《むすめ》』ってネットアイドルの動画なんだけど、ウチの生徒なんじゃないかって噂《うわさ》。だってほら……」

風香はネコ娘の背後を指さした。よく見るとベッドや机がある。部屋で撮影《さつえい》されたのだろう。ベッド横のポールハンガーに見覚えのある制服がかけられていた。

「これウチの制服じゃん?」

「ほんとだ」

真琴は画面をのぞき込んだ。

「キモオタ相手にアイドル気分味わってるとか、ただの自己満じゃん」

せせら笑うほのかに目をやりながら、里奈も笑って同調する。

「やばくねー」

「やばくはないと思う！」

カラッとした声。真琴の声だ。予想外の会話の断絶に里奈はポカンとした。優里亞、風香、ほのか……、みんなの間に沈黙《ちんもく》と気まずい空気が流れる。

「……だって、楽しそう」

そんな周囲を気にせず、真琴は微笑《ほほえ》みながら動画を見続けていた。ネコ娘の歌に耳を傾《かたむ》ける。歌に合わせて、首で少しリズムをとる。

♪　あぁ　夢は　いつまでも　覚めない
　　歌う　風のように……

歌といえば、自分には大事な用がある。真琴はくるりと背を向けた。

「じゃ！」

ビュンと駆《か》け出す。あっという間にその背中は小さくなった。

4

「ここだ！」

廊下《ろうか》を駆《か》けていた真琴は、ピアノの音色のする音楽室の前で急ブレーキをかけた。美しい音色が聞こえてくる。ドアを開けると、一人でピアノを弾《ひ》いていた女子生徒が驚《おどろ》いて顔を上げた。

「すいません。私、香川真琴っていいます。合唱部の方ですか？」

「合唱？　違《ちが》うよ。……本当に入る気なんだね、香川さん」

「え？」

「私は桐星成実《きりぼしなみ》。同じクラス」

今朝、真琴の「合唱部に入ります」宣言を聞いた一人だ。

「そっか、よろしくね。ところで……」

「合唱部だったら旧のほう。旧音楽室」

「『旧』？」

表参道高校には、新校舎のほかに木造の古い校舎が残っている。白い漆喰《しっくい》の壁《かべ》と、こげ茶色の扉《とびら》で統一された旧校舎は、良くいうとクラシックな造りで、趣《おもむき》はある。だが使う人が少ないのか、校舎のまわりには雑草が生《お》い茂《しげ》り、趣よりも古ぼけた空気のほうが勝《まさ》っていた。その中に旧音楽室もあり、合唱部の部室になっていると、成実は教えてくれた。

気がはやる真琴は少しの段差にもつまずき、よろけながら進んでいった。かすかに合唱が聞こえてくる。目的地は近いようだ。

合唱が聞こえてくる部屋の入り口に『音楽室』のプレートがあった。期待を胸に、真琴はドアを開け中をのぞく。

グランドピアノ、木琴、五線譜《ごせんふ》が引かれた黒板。そして、合唱の声……

いや、誰《だれ》も歌っていない。歌声はピアノの上に置かれたラジカセから響《ひび》いていた。真琴に気づき、誰かがラジカセを切る。

「何？」

不審《ふしん》そうに顔を向けたのは、相葉廉太郎《あいばれんたろう》。おとなしそうな風貌《ふうぼう》だが、目の奥《おく》には意志の強さが感じられた。

「あの、合唱部の部室はここでいいんですよね」

真琴はそう尋《たず》ねながら、旧音楽室全体を見回した。廉太郎のほかに、眼鏡《めがね》をかけた女子と背の高い男子がいた。合計三人。歌ってはいないが、状況《じょうきょう》から見て彼らが合唱部員に違いない。

真琴はグイと部屋の中に入った。

「私、転校生の香川真琴です。前の学校で合唱やってて、こっちでも合唱を……」

「知ってる。朝聞いたから」

廉太郎は冷ややかなほど淡々《たんたん》と答える。

「え？　あ、もしかして同じクラス？」

「そう、ちなみにウチらもね」

奥の女子が、自分ともう一人の男子を指し示して言った。

その女子は、黒縁《くろぶち》の眼鏡をかけて、髪《かみ》を肩《かた》のラインで切りそろえている。名前は佐々木美子《ささきみこ》。地味というか、少し暗い雰囲気《ふんいき》をまとっていた。隣《となり》の長身の男子、山田《やまだ》アンドリューは、名前からもわかるようにハーフ。長身でハーフなんて派手な要素が満載《まんさい》の割に、どこか気弱そうに見える表情が、派手さを消し去っている。クラスでも目立たないタイプだろう。

三人とも、まだ真琴の頭には顔も名前もインプットされていなかった。

「……すいません……」

気まずそうに謝《あやま》る真琴に、廉太郎も気まずそうに切り出した。

「あの……悪いけど合唱部は廃部《はいぶ》だよ」

「え？」

廉太郎は生徒手帳を取り出して見せた。

「学校の規定だと部員は最低八人必要なんだ。春まではかろうじて八人いたんだけど、三年がいなくなって残ったのは二年の僕《ぼく》らだけ。新入部員はゼロ」

「え、これで全員？」

真琴は改めて三人の顔を見た。自分を入れても、あと四人足りないわけだ。

「君はどうしてウチみたいなとこにきたの。合唱がやりたいなら、絶対に来ちゃいけない学校だよ、ここ」

「両親がここの合唱部出身で、どうしてもここで歌いたくて」

「ここの出身？　表参道高校の？」

「うん、子供のころからずっとここの話を聞かされてたし……」

「名門時代のＯＢか」

「あとは、有明《ありあけ》先生！」

真琴からその名前が出たとたん、廉太郎たちが渋《しぶ》い顔になった。それに気づかず、真琴は話を続けた。

「顧問《こもん》の鈴木《すずき》有明《ありあけ》先生に指導してほしくて、ここに入ったの。昔、先生と合唱に助けてもらったから……」

記憶の中の『鈴木有明先生』がくっきりとよみがえってくる。まるでギリシャ彫刻《ちょうこく》のような彫《ほ》りの深い顔立ち。そして子供たちへ愛情あふれる眼差《まなざ》しを送りながら、熱心に指揮をする有明の姿が――

「……有明」

廉太郎が戸惑《とまど》いながらつぶやくと、美子は鼻で笑った。

「合唱部をダメにした張本人」

「え、どういうこと？」

驚く真琴に対して美子は、「直接聞いてみたら？」と部屋の奥を指さした。そこには、旧音楽準備室へと続く引き戸があった。

旧音楽室の一角に作られた準備室は狭《せま》い空間だった。立てつけの悪い引き戸を引くと、狭い中に楽器を置く棚《たな》、ソファとテーブル、楽譜《がくふ》が並ぶスチール棚、そしてデスクが詰《つ》め込まれている。

壁に付ける形で置かれたデスクの前に座り、なにやら作業している男がいた。

真琴からは背中しか見えない。デスクの前の壁には、派手派手しい女性の写真が何枚も貼《は》ってある。いわゆる夜の蝶《ちょう》、キャバ嬢《じょう》たちの写真だ。合唱部の部室に、いや、それ以前に学校という空間にまったくそぐわない。男は雑誌《ざっし》からキャバ嬢の写真を切り貼りし、一口メモを添《そ》えたスクラップブックを作成中だった。

真琴が口をあんぐり開けて突《つ》っ立っていると、男は振《ふ》り向かずに言った。

「何か用？」

「あの……鈴木有明先生は？」

男がパッと振り向いた。寝癖《ねぐせ》だらけ、衣服は乱れっ放し、まったく清潔感がない。

「俺《おれ》だけど。鈴木有明、三十歳。独身！」

真琴は思わず一歩引いた。……顔は似てるかも、でもこんな不潔でだらしない人じゃなかったはず。

「……同姓同名《どうせいどうめい》、なのかな？」

「俺以外に『有明』なんて聞いたことないね」

頭をボリボリかきながら言う。受け入れ難《がた》いが、やはり本人らしい。

「あの……私、香川から来ました。香川真琴っていいます」

「おー、俺も香川出身よ」

「知ってます。八年前、香川の小学校で教育実習しましたよね？」

「あー、したした」

「合唱を教えたり？」

「したな」

「そのとき、室崎小《むろさきしょう》で先生に指導してもらったんです。先生と合唱が、私を救ってくれたんです」

有明は身を乗り出し、真琴の顔をじーっと見つめた。

「……ごめん、覚えてない」

素っ気なく言われたが、真琴はひるまなかった。むしろ熱が上がってきた。見た目は変わったが目の前にいるのは鈴木有明先生だ。この人に伝えたいことがたくさんあるのだ。

「私、有明先生にもう一度教えてほしくて転校してきました」

「教えないよ。俺、もう合唱には関わらないから」

「え、どうしてですか？」

グイと真琴が接近すると、有明はさけるように立ち上がる。

「あーもー、めんどくさいめんどくさいめんどくさい……俺は今忙《いそが》しいんだよ！」

真琴の肩をつかみ、そのまま準備室から押《お》し出してしまった。


「……ガッカリしただろ」

準備室から追い出され呆然《ぼうぜん》とする真琴に、廉太郎はため息まじりに声をかけた。

「これでわかったよね。合唱部はもう終わりだって」

——しばしの沈黙《ちんもく》のあと、真琴はおもむろにその場でジャンプを始めた。

『1、2……』

美子が顔をしかめる。

「ちょっとナニそれ。やめて埃《ほこり》立つから」

「10秒ジャンプ。凹《へこ》んだときにやると元気出るから。……5、6」

真琴は真顔で跳び続ける。

「意味不明！」

さえぎるようにアンドリューが叫《さけ》ぶ。無理はない。初めて見る人にとっては奇妙《きみょう》でしかない。

だが真琴はやめなかった。

『……10！』

ひとしきりジャンプを終えると、真琴は深呼吸した。くるりと向きを変え、壁にかかっている名札ボードに歩み寄る。そして未使用の名札にマジックで『香川真琴』と書きつけた。

「？？？」

ギョッとする廉太郎たちに、真琴は真剣《しんけん》な表情で挨拶《あいさつ》した。

「改めて香川真琴です。よろしくお願いします」

落ち込んだと思ったらジャンプして、すぐに立ち直る。廃部だというのに、合唱部に入部する。まさに意味不明な行動に、美子は苛立《いらだ》ちを隠《かく》さなかった。

「アンタって人の話、聞かないタイプ？」

「部員が足りないなら集めればいい」

真琴はいとも簡単にいう。話が通じない転校生に、廉太郎もまた苛立った。

「この学校じゃ誰《だれ》も合唱になんか興味もってないの！」

「でも、ちゃんと合唱を聴《き》いてもらえれば絶対に伝わるはず」

「わかってないな。僕たち圏外《けんがい》の声なんか、ここでは誰にも届かないんだよ」

「圏外ってナニ？　歌に関係あること？」

「すぐにわかるよ」

廉太郎は吐《は》き捨てるように言うと、部屋を出ていった。美子とアンドリューもそれに続く。

真琴だけが取り残された。

だがその表情は曇《くも》らない。決意は固まっているのだから。

5

翌日《よくじつ》の放課後。真琴は教室に残り「合唱部員募集《ぼしゅう》」のビラ作りをしていた。耳に突《つ》っ込んだイヤホンから合唱曲が流れている。

——部員が足りないなら集めればいい。

とても単純な話だ。真琴の中に「あきらめる」の選択肢《せんたくし》はなかった。

「香川さん？」

風香がすぐ近くから声をかけたが真琴は気づかない。

「香川さーん？」

風香は真琴の耳から、サッとイヤホンを抜《ぬ》き取った。

「え、何？」

顔を上げた真琴は、ようやく風香の存在に気づいた。少し離《はな》れたところで、ほのかと里奈もこちらを見ている。

「これから優里亞がテレビに出るの見に行くんだけど、香川さんも行かない？」

「テレビ？」

真琴が半ば強引《ごういん》に連れていかれたのは、大きな民放テレビ局だった。東京の一等地、赤坂に建つ巨大《きょだい》なビル。その前の広場で、お天気お姉さんの衣装《いしょう》に着替《きが》えた優里亞がリハーサルをしている。

『季節を進める台風６号。実は梅雨と台風って関係しているんですよね。それでは、こちらを見ていきましょう』

優里亞は、夕方のニュース番組で、お天気コーナーを担当しているのだ。優里亞のまわりに、カメラ、照明、マイクがセッティングされ、たくさんのスタッフが立ち回っている。風香たちと一緒《いっしょ》に見学していた真琴のテンションはぐんぐん上がっていった。

「すごい……テレビすごーい!!」

「あ、こういうの初めてだった？」

そう言って髪《かみ》をかきあげる風香は、いたって冷静だ。風香とほのかも、芸能事務所に所属しているのだと、さっき聞いた。

「うん！　なんか東京って感じ！　あ、あの人見たことある！」

遠慮《えんりょ》なく指さす先に、テレビでよく見るベテラン気象予報士がいた。

「もしかして芸能人とか見たことないの？」

ほのかの質問に、真琴はフッと笑顔《えがお》をみせた。「バカにしないで」と言わんばかりだ。

「それくらいありますよー。香川にいたころ、実家のうどん屋に彦摩呂《ひこまろ》さんが来ました。自慢《じまん》ですけど『これはうどんのグラビアアイドルや！』って言われて」

真琴の脳裏《のうり》に、『香川や』でうどんを食べる彦摩呂の様子がよみがえってくる。名人芸ともいえる食レポを生で見て、真琴と真弓、父と母も大喜びだった。そうだ、あのころはみんな笑顔だったな……と思い返し感慨《かんがい》に浸《ひた》る。

だが、そんな真琴の自慢にも、風香たち三人は冷ややかに「へえー」と言うだけだった。テレビ局が近くにあり、芸能人を見かけることも多い表参道高校の生徒にとって、まして芸能界に片足を突っ込んでいるような風香たちにとっては、グルメレポーターに会うくらい、それほど驚《おどろ》くべきことでもない。そんなことで感激する真琴が、いかにも田舎者《いなかもの》らしく、三人はクスクス笑いながら見ていた。


本番が始まり、優里亞がカメラ前でレポートを始める。その様子を見ながら風香が声をひそめて言った。

「優里亞、今度ドラマ出るらしいよ」

「マジで!?」

里奈は目を見開いた。真琴はため息をつく。

「すごいんだね、谷さんて」

「あたりまえじゃん!」

なぜか里奈が怒《おこ》りながら、優里亞のすごさを解説した。まだ全国的な知名度は低いけど、スターの素質を備えていると業界人の評価は高い。きっかけさえつかめばブレイク間違《まちが》いなしと噂《うわさ》されているらしい。

「ねぇ。このあと、プロデューサーがテレビ局の中に連れてってくれるって！」

里奈が力説する間、見知らぬ偉《えら》そうなおじさんと話していたほのかが戻《もど》ってきて、声を弾《はず》ませた。

「行っちゃう？」

「マツコ探しちゃう？」

風香と里奈もノリノリだ。

「香川さんも行くよね？」と里奈が顔を向けた。

「あ、行かない」

なんの迷いもなく、真琴はあっさりと言い切った。

「え？」

「明日までにやることあるし、忙《いそが》しいから今日はここで。また明日！　ありがとう！」

一方的に別れを告げ、手を振《ふ》り去っていった。今の真琴にとっては、合唱部の部員募集が最優《さいゆう》先事項《せんじこう》なのだ。

「何、あれ……」

ボソッとつぶやいた風香は、みるみる不機嫌《ふきげん》な顔になった。同じ顔のほのかと素早く視線を交わし、さらに里奈を見る。

「里奈！」

里奈はビクッとなる。真琴がいるときと違い、おどおどしていた。風香は八つ当たりのように里奈をにらみながら、口元には薄笑《うすわら》いを浮かべて言った。

「何とかしなさいよ！」

「う、うん」

里奈は慌《あわ》てて真琴を追いかけた。

「香川さん！」

声に気づいた真琴が振り返る。

「あ、バイバイ！」

真琴は呑気《のんき》に手を振る。見送ってくれていると思ったのだ。

「違う!」

里奈は必死の形相だ。真琴はキョトンとしながら足を止めた。

里奈が真琴を連れてきたのは、赤坂のビル街にあるカフェ。オープンテラスがあり、客たちは当然垢《あか》ぬけている。外国人の客もいた。洗練されたインテリアに囲まれた真琴は、おいしそうなスイーツをじっと見つめ、「ふふ♪」と笑みを浮かべた。正面に座る里奈はあきれ顔だ。

「あのさ、自分が何してるか、わかってる?」

「おしゃれなカフェでお茶を」

「違う!」

バン! とテーブルをたたき、真琴をにらむ。

「ウチらの空気を乱してんの」

真琴は意味がわからず口を開けるだけだ。里奈の苛立《いらだ》ちは募《つの》る。

「KYな態度取られたら私が迷惑《めいわく》するんだから、もー勘弁《かんべん》して。せっかく優里亞が一軍に入るチャンスくれてるのに」

「ごめん、ちょっとわかんない。一軍って?」

「だから、ウチのクラスは一軍から圏外《けんがい》までシビアに区別されてんの」

「ふーん……」

「一軍にいる子たちは、学校生活もプライベートも充実《じゅうじつ》してる完璧《かんぺき》なリア充《じゅう》。なかには優里亞みたいに『タレント』やったり、『モデル』やったり、立派な肩書《かたが》き持ってる子までいる」

「うん」

「それに比べて二軍は勉強も部活もいいとこなし。要するに平凡《へいぼん》。『いつか自分も一軍に』って内心思ってるけど、実際ムリ」

「ふーん」

「残りは圏外。アニメとか鉄道とか、自分たちの世界を突っ走っちゃって帰ってこないヤツらとか、休み時間中にボッチでボーッとしてる地味な子とか」

「ボッチ？」

「ひとりぼっちの『ボッチ』！」

「あぁ」

たとえば休み時間に一人で勉強したり、弁当を食べたりする生徒のことだ。その寂《さび》しさは、真琴にもわかる。ただ、里奈が、好きなことに熱中することが悪いような言い方をするのは、真琴には不思議だった。

「言いづらいけど、香川さんが追いかけてる合唱部とかもそう。だから香川さんも『合唱合唱』言ってないで空気読んだら？　って話」

そういえば廉太郎も『圏外』がどうのこうの言っていた。表参道高校では、生徒たちが色分けされ、まるでカースト制度のように順位が付いているらしい。最高位が一軍で、風香やほのかが所属している。その頂点に立つのが優里亞だということまでは、真琴も飲み込めた。

「ちなみに引田さんは、その一軍？」

「めっちゃがんばって、やっとギリギリ一軍。必死だよ。落ちたら終わりだもん」

「そっか……でも、私はがんばるなら、好きなことでがんばりたいんだ。それ以外は興味ないから」

真琴の目はきらめいていた。

「…………」

何言ってんのコイツ？　田舎者ってマジめんどくさい。なんか……イラつく。里奈は何も言い返せなかった。

6

真琴と別れたあと、里奈は風香たちに報告のメールを送り、帰宅した。真琴に空気を読ませることはできなかったが、あれはもうどうしようもない。真琴を一軍に入れなければいい話だ。優里亞もきっとそう考えるだろう。

……どうにか今日も一日を乗りきった。一軍のままで。

自分の部屋のドアを閉め、大きく息をつく。通学バッグを床《ゆか》に放り、ベッドに体を投げ出し、パソコンの動画サイトのページを開いた。

例の『ネコ娘《むすめ》』が歌い踊《おど》る画面。

その横に、閲覧者《えつらんしゃ》のコメントが流れていく。

『ヤバすぎ!』『ネコ娘めっっっちゃいい!』『とりあえずカワイイ。とにかくカワイイ』『もっと聴《き》きたい』『次は何を歌うんですか?』『顔、ちっさ』……

ネコ娘を絶賛し、応援《おうえん》する言葉ばかりが、延々と並んでいる。里奈の顔に満足げな笑《え》みが浮《う》かんだ。

7

下町と呼ばれるエリアの商店街に、昔ながらの店構えの蕎麦屋《そばや》『万歳庵《ばんざいあん》』がある。真琴の母・美奈代の実家であり、真琴の今の住居だ。店の奥《おく》には厨房《ちゅうぼう》があり、さらにその奥の引き戸を開けると茶の間がある。美奈代は茶の間で、座卓《ざたく》の前に座っていた。夕食のざるそばを食べ終えたところだった。

「お母さーん、そば湯！」

厨房に声をかける。戸が開けっ放しなので、営業中の店にも声が広がっていった。接客していた初老の女性があきれ顔で振り返る。美奈代の母で、真琴の祖母にあたる原田知世《はらだともよ》だ。

「アンタ、お客様じゃないんだから店手伝いなさいよ。いい年して家出なんてして、みっともない……」

「家出じゃなくて『離婚《りこん》』ね。離婚調停が済んだら三か月後には晴れて独身」

小豆島では、美奈代は夫が経営するうどん店を切り盛りし、家事もこなしていた。しかし実家では何かから解放されたようにのんびりしている。すっかり娘《むすめ》の顔だ。厨房に立つ父、真琴の祖父の万歳《ばんざい》があきれながら、そば湯を差し出す。

「だから結婚には反対したんだよ。こうなると思ってた」

「親の事情はおいといて真琴がかわいそうじゃない？　父親とも妹とも離《はな》れて」

両親からチクチク言われても、美奈代は平気な顔だ。

「あの子は大丈夫。合唱さえできたら幸せなんだから」

「でもやっぱり、寂《さび》しいに決まってるさ。そのうち真弓もこっちに呼ぶんだろ？」

そういう万歳の声は弾《はず》んでいた。もう一人のかわいい孫にも会いたいのだ。

「そうしたいけど、あの子たちも頑固《がんこ》だからね」

「あんなしょうもない父親と暮らしてどうなるってんだ？」

「姉妹でバランス取ってんでしょ？　真琴が母親について、真弓が父親についてって」と知世が言う。その想像はおおよそ当たっていた。まだ両親は離婚していない。二人のつながりを絶たないために、姉妹はそれぞれの場所にいる。

「できた孫だ。あのバカが父親とは思えん。わが孫ながらアッパレ。だーい好き」

万歳が孫愛を爆発させていると店の戸が開いた。真琴が帰ってきたのだ。

「ただいま！」

「おかえりー」

三人は声をそろえて出迎える。真琴が茶の間に上がると美奈代は興味津々《きょうみしんしん》で尋《たず》ねた。

「学校どうだったの？　合唱部は？」

「前途多難《ぜんとたなん》！」

「ずいぶん元気に言うのね」

「凹《へこ》んでる時間がもったいないもん。『凹む前に跳《と》べ』だわ。うん」

真琴は自分に言い聞かせるように、大きくうなずいた。万歳は仕事そっちのけで茶の間に身を乗り出す。

「なあ真琴。真弓はいつごろ東京に来るのかねぇ。おじいちゃん心配だよ。あんなプータローと二人なんて。おなか空かせてるんじゃないかなぁ」

真琴の父が営んでいた『うどん香川や』は、経営難でつぶれてしまった。父は今、アルバイトで食いつないでいる不安定な身分だった。

「何とかしてるでしょ。お父さんも、うどんなら作れるし」

「そのうどんがまずいから、つぶれたんだろ」

「そんなことないよ。おいしいよ。お父さんは店を立て直して、お母さんが帰ってくるようにがんばるつもりなんだよ。真弓はそれを応援《おうえん》してるの」

父をフォローしようとしたが、母は顔をゆがめるだけだ。

「無理よ。やっぱり早く東京に来るように説得しなきゃね。あの子もきっと後悔《こうかい》してるわ」

「そんなことないって。あー、でもそろそろ、あの話を聞かされてうんざりしてるかも……」

「何の話?」

「『あのころのお父さん、けっこうヤンチャしててさ……』って話」

真琴が父の口調を真似ると、美奈代はいっそう眉間《みけん》にしわを寄せた。

「またぁ?」

それは父と母のなれそめ話。二人がオモコーで出会い結婚《けっこん》するまでの物語だ。オモコーとは、表参道高校のこと。両親の時代から、生徒たちは自分たちの学校のことをそう呼んでいた。真琴と真弓は、父から何度もその話を聞いている。

「お母さんはオモコーのマドンナだったんだよね」

「やだぁ、そこまでじゃないわよぉ」

否定するが、まんざらでもなさそうだ。

妹の真弓はいつも、父が昔話を始めると「キモイキモイ。親のなれそめとか、キツいし聞いとられん」と嫌《いや》がっていた。そういう年ごろなんだろう。真琴のほうは、父の昔話を聞くのは嫌《きら》いではない。何度も聞いたのですっかり覚えている。

「でさ、ケンカばっかりで傷だらけのお父さんを、お母さんが手当てしてあげたんでしょ。『俺《おれ》みたいな不良にアプローチしてくるのは、お母さんくらいなもんだった』って言ってたよ」

「……忘れたい思い出だわ。確かにあの人はオモコーで唯一《ゆいいつ》のヤンキー。ただし、格好《かっこう》ばっかりの『陸《おか》ヤンキー』なの」

見た目はサーファーだが、格好だけで実際に波には乗らない人を「陸サーファー」と呼ぶ。父もそんなふうに、服装《ふくそう》や髪型《かみがた》だけ硬派《こうは》なヤンキーぽく格好つけているが、中身は伴《ともな》わないお調子者だったらしい。それで『陸ヤンキー』。どうもバカにされていたようだ。

「お父さんとお母さん、言ってること違《ちが》うんだよなー」

「あの人は出会いからずっと勘違《かんちが》いしっぱなし。たぶん離婚のことも、うどん屋がダメになったから私が愛想《あいそ》を尽《つ》かしたんだと思ってる。本当はそんなこと、どうでもいいのにね」

母は物憂《ものう》げに遠くを見つめた。

真琴は目を伏《ふ》せる。話題を変えたくなった。

「ねえ、お母さん。オモコーはもう合唱の名門じゃなくなってたよ。中庭でも練習してないって」

「そうなんだ」

「でも……」

真琴は顔を上げた。

「必ず復活させる。そうだ、ビラ作んなきゃ！」

「ビラ？」

「部員が足りないんだって。だったら集めればいいでしょ」

「そう、無理しないでよ。明日も学校なんだから」

「うん！」と元気よく答えて、真琴は自分の部屋へと駆《か》け上がっていった。

まずは両親が出会った場所——合唱部——をよみがえらせる。そして歌う。ばらばらになった家族を取り戻《もど》すために、家族の歌を取り戻すために……

それが今やるべきことなのだ。

8

「お願いしまーす。合唱、楽しいですよ。地球にはハーモニーが必要です！　一緒《いっしょ》に合唱しましょう！」

朝のオモコーの校門前に晴れやかな声が響《ひび》いている。

真琴が『合唱部員大募集《だいぼしゅう》！』のビラを配っていた。小豆島の仲間がくれた合唱のCDを聴《き》きながら、夜遅《おそ》くまでかけて、眠《ねむ》い目をこすりこすり描いたものだ。だが、登校してくる生徒たちは、目も向けずに素通《すどお》りするか、怪訝《けげん》そうな顔をするかのどちらかだった。

合唱部員である廉太郎、美子、アンドリューも登校してきたが、いずれも真琴を無視して通り過ぎてしまった。

「お願いしまーす。一緒に合唱しましょう！」

ただ一人、足を止めた人物がいた。教頭の天草五郎《あまくさごろう》。体は大きいが眼鏡《めがね》をかけた顔はいかにも神経質そうだ。苦々しそうに、ビラを配る真琴を見ている。

「フンッ」

天草は肩を怒《いか》らせ校舎に向かう。廊下《ろうか》に立つ瀬山と目が合った。

「おはようございます、瀬山先生」

「お、おはようございます」

彼女も真琴を見ていたのだ。

「合唱部は廃部《はいぶ》が決まったはずですけど……」

「は、はい、教頭先生」

瀬山は天草を振《ふ》り払《はら》いたい一心で、早足で教室に向かうが、天草はピッタリ横についてブツブツ言ってくる。

「どうなってるんですか？」

「いや、その、有明先生が……」

そのとき、中庭を横切ろうとするボサボサ頭の有明が見えた。

瀬山は慌《あわ》てて駆《か》け寄る。

「有明先生！　廃部の件は『顧問《こもん》』である有明先生から伝えていただけたんですよね？」

「あー、伝えたんですけど、伝わってなかったみたいですね……。できれば『副顧問』である瀬山先生の口からもう一度」

「いやいや、ごめんなさい。そこは『顧問』である有明先生からお願いします。ぶっちゃけ副顧問なんて勤務時間外のボランティアなんで、面倒《めんどう》でやってられないんですよ」

「いやいやいや、そこは信頼《しんらい》の厚い『副顧問』である瀬山先……」

「どっちでもいいんですよ！」

譲《ゆず》り合う二人の間に天草が割って入る。

「キッパリ廃部にしてくれれば！」

瀬山と有明は顔を見合わせ、黙《だま》り込んだ。そのとき、凛《りん》とした女性の声がした。

「有明先生」

三人が振り返ると、そこには校長の大曽根《おおそね》徳子《とくこ》がいた。中庭の入り口から手招きする。

「はい、すぐ行きます！」

地獄《じごく》に仏とばかりに、有明は軽い足取りで去っていった。ず、ずるい……。瀬山は有明を恨《うら》みながら、不機嫌《ふきげん》な天草に愛想笑《あいそわら》いを向けるしかなかった。

＊

校長室のソファに腰《こし》かけた有明を前に、大曽根は『退職届』と書かれた封筒《ふうとう》をテーブルに差し出した。

「教師までやめることないでしょ……」

退職届は、有明が提出したものだった。

「僕《ぼく》は合唱を教えるために教師になったんで、合唱やめたらもう教師でいる理由がないっていうか……」

有明はもじもじしながら、退職届を大曽根に押《お》し戻《もど》す。

「だから……すいません」

「八年前、私はあなたの情熱を買ってウチに引き入れたのよ」

「情熱なんて当てにならないっすね」

ヘラヘラ答える有明を叱《しか》ることはなく、大曽根は神妙《しんみょう》な顔で、その目をのぞき込んだ。

「歯車を狂《くる》わせたのは、やっぱりあの生徒？」

有明からスッと笑《え》みが消える。

「歯車が狂ったのは、……そう、激安キャバクラのせいです」

有明は、芝居《しばい》染《じ》みた苦悩の表情を浮《う》かべた。

「怖《こわ》いなー、キャバクラ。本当に怖いわー」

とってつけたような演技で立ち上がり、有明は逃《に》げるように校長室を出ていった。大曽根はため息をつき、有明の背中を見送った。その表情に怒りはなく、教え子を心配するような複雑な思いがにじんでいた。

9

『合唱部員大募集《だいぼしゅう》！』

真琴は、校門で配るだけでなく、学校中の掲示板《けいじばん》にもビラを貼《は》っていた。その中の一枚を、風香とほのかが不愉快《ふゆかい》そうに見上げた。

「なんかイラつく」

「合唱部なんて誰《だれ》も知らねーつーの」

ほのかは乱暴にビラを破ると、後ろに目をやった。

「あんた、香川にウチらのルール教えたんじゃなかったの」

視線の先にいたのは里奈。ほのかの肩越《かたご》しに、風香も冷たい目で見ている。

「あ、えっと……へへへ」

苦笑いを浮《う》かべても、ほのかと風香の表情は変わらない。里奈は縮こまるだけだった。

始業の時間が近づいた教室に、真琴が飛び込んできた。

「おはよう！」

挨拶《あいさつ》するが誰も返事をしてくれない。談笑していた生徒たちは会話をやめて席に戻《もど》る。真琴と目が合うと慌《あわ》てて顔を逸《そ》らす。ただ、教室が静かになる中で、風香、ほのか、里奈だけは窓際《まどぎわ》で話をしていた。

「おはよう！」

真琴は声をかけたが、三人は振《ふ》り返りもしない。理由はわからないが、昨日とはまったく違《ちが》う態度だ。教室全体に拒否《きょひ》されているのは明らかだった。

心が沈《しず》んでいく……

真琴は静かに席に着いた。そして教科書と一緒《いっしょ》にカバンからCDを取り出し、机の上に置いた。

小豆島の合唱部の仲間がくれたCD。真琴のために歌ってくれたCD。盤面《ばんめん》には寄せ書きがある。

『真琴がんばれ！』『負けるな！』『笑顔《えがお》☆』

真琴はその文字を、すがるような思いで見つめた。

「香川さん」

小さな声で呼ばれた。顔を上げると、優里亞が廊下《ろうか》から手招きしているのが見えた。

教室から出てきた真琴に、優里亞は声をひそめ心配そうに言った。

「大丈夫?」

「いやーハハハ」

笑ってごまかすしかなかった。

「みんなまだ、香川さんのこと、よく知らないじゃない? 私もだけど。だから香川さんから合唱部に勧誘《かんゆう》されることを、少し警戒《けいかい》してるだけだと思うんだよね」

「……うん」

「それで提案なんだけど、部員募集のために発表会とかやってみたら?」

「合唱の?」

「うん。目標があったほうが、がんばれるだろうし、きっとみんなも実際に歌が聴《き》けたら興味わくでしょ」

「そんなことできるの?」

「私、生徒会に入ってるから提案してみる。次の月曜の集会で時間を貸してほしいって」

これはチャンスだ。全校集会なら、誰もその場を離《はな》れることなく歌を聴いてくれるだろう。合唱部に興味を持ってくれる生徒もいるかもしれない。真琴の心を覆《おお》いかけていた黒い雲が、みるみる晴れていった。

「……やって、みようかな」

「そう。応援《おうえん》してるから。なんでも言って」

「うん！」

チャイムが鳴る。二人で教室に戻りかけながら、真琴は優里亞に笑顔を向けた。

「あ、昨日すごいかっこよかった、テレビ」

「ハハ、ありがと」

優里亞も笑顔で答える。ただ美人なだけじゃなくて、こんな優しさがあるから人気者になるのだろう。真琴はそう思った。


……席に戻ると、机の上にあったはずの寄せ書きＣＤがない。

「え？」

足元に何か落ちている。

いや、それが何なのか、真琴の目にはハッキリと映っていた。ただ真琴の脳が、それが何なのか理解するのを拒否していた。

ゆっくりと拾い上げる。それは真っ二つに割れたＣＤだった。うっかり落として傷がついたレベルではない。真っ二つだ。

「何、これ……？」

教室を見回す。風香をはじめとする一軍、そして二軍と圏外《けんがい》に分類された残りのクラスメイトたち。この中の誰かがやったのは明らかだ。だがそれを告白するような生徒はいないだろう。

さっき優里亞は応援してくれた。でも教室の空気は悪意と無関心が圧倒《あっとう》していた。

「…………」

お守りにするって親友のハスミンにも誓《ちか》った、大切なＣＤ。真琴の宝物だった。

悔《くや》しくて、悲しくて、涙《なみだ》がにじむ。声も出ない。誰がこんなひどいことを？　呼吸が荒《あら》くなっていく……。真琴は教室から飛び出した。


「ん？」

飛び出す真琴とすれ違いに、今日も遅刻《ちこく》ギリギリで、夏目快人が教室にすべり込んできた。

『泣いてた？』

はっきりとは見えなかったが、快人はそう感じた。

真琴は、教室を飛び出して中庭まで駆《か》け込んでくると、改めて割れたCDを見つめた。鼻の奥《おく》がツンとする。こみ上げてくる涙を必死にこらえた。しかし手が震《ふる》えるのは止められない。怒《いか》り、苛立《いらだ》ち、悲しみ。さまざまな感情が渦巻《うずま》く。

どれくらい立ち尽《つ》くしていただろう？　こらえきれずあふれる涙を隠《かく》すように真琴は上を向いた。そしてゆっくり、その場でジャンプを始めた。

『1……2……3……』

と、すぐ隣《となり》に人の気配を感じた。横を見ると、快人が真琴と同じようにジャンプをしている。

「大丈夫？」

「え？　お、おぉ」

驚《おどろ》きのあまり、快人と大きく距離《きょり》を取った。

「ナツメカイト……」

「何してるの、これ？」

快人は前を向いたまま、明るく尋《たず》ねる。

「……10秒ジャンプ。これやると元気出るから」

「へえ。香川が考えたの？」

「ううん、お父さんに教えてもらったんだ。『辛《つら》いことがあったときや、逃《に》げ出したくなったときは、何も考えずに跳《と》べ』って。『跳んだら、頭の中が空っぽになるぞ』って」

「ふーん、リセットして前に進むってことか。それにしても変わってるよな、香川って。急にビラ配り始めたり、跳び始めたり」

タン！　真琴は力強く地面を踏《ふ》んで、ジャンプをやめた。

「凹《へこ》んでる暇《ひま》、ないから」

真剣《しんけん》な表情。快人はその横顔を見つめた。

「あと三か月で、親が離婚《りこん》するんだ。私はそれまでに、ここでやることがあって……」

「それって合唱と関係あんの？」

快人の問いに、真琴はうなずいた。

「ウチは昔からやたら歌う家でさ。お父さん、お母さん、私と、妹の真弓。四人でよく合唱してた……」

——真琴の脳裏《のうり》に浮《う》かぶのは、幼いころの自分と真弓。そして少し若い両親。家で、庭で、公園で、海に臨《のぞ》む浜辺で……、本当にいつも歌っていた。家族のハーモニーが響《ひび》いていた。

♪　大きなのっぽの　古時計　おじいさんの　時計
　　百年　いつも動いていた　ご自慢《じまん》の　時計さ

「ウチは小豆島で『うどん屋』をやってたんだけど、お店でも歌ってたよ。童謡《どうよう》にポップスに演歌、古い歌も新しい歌も」

「だから香川にとって、歌が大切なんだな」

「うんっ！　一番は、単純に歌うのが好きなんだけど……、それなのに、毎年少しずつ歌声は小さくなって……」

♪　百年　やすまずに　チクタク　チクタク
　　おじいさんといっしょに　チクタク　チクタク

「何かあったの？」

「うどん屋の売り上げが落ちてきて、お父さんは毎日渋《しぶ》い顔で、お金を数えてた。お母さんもイライラするようになって……。大人のことはよくわかんないけど、いつの間にかお母さんは離婚届にハンコを押《お》してた。お父さんはハンコを押さなかったけど、あんまり家に帰らなくなった。ぼんやり釣《つ》りとかしちゃって。全然釣れないくせに」

♪　いまはもう動かない
　その時計

「そして誰も歌わなくなっちゃった……」

「それで東京に来たんだ」

「お母さんと一緒にね。お父さんと妹は、まだ島にいる」

「離ればなれなんだな……」

「うん……、私、歌いたいの、お父さんとお母さんが歌い始めたこの場所で。そしたら、また家族みんなで歌える気がするんだ」

快人は腕《うで》を組み、しばらく考えてから、納得《なっとく》したように言った。

「だからか」

「え？」

「みんな自分の好きなことなんて、よくわかってねぇからな。だから香川みたいに、好きなこと、やりたいことに『まっすぐ』なのが、うらやましいし、悔しいんだよ」

さっき教室で起きたことを、快人はどうやら知っているらしい。きっと、それでここに来てくれている……

「もっと見せつけてやれば？」

「？」

真琴は快人の言葉が、すぐには理解できなかった。

強烈《きょうれつ》な意地悪を受けたのに、怒《おこ》ってやり返すわけでもなく、悲しんで泣くわけでもなく、おとなしく引き下がるわけでもなく、もっと見せつける？　それだと何も解決しないような……

でも、不思議と真琴の気持ちは軽くなった。

今の自分を、クラスに受け入れられていない自分を、快人は肯定《こうてい》してくれている。

「じゃ」

軽く手を上げ、快人は一人教室に戻っていった。

10

「おはよう！」

次の日の朝、真琴は精一杯《せいいっぱい》明るく挨拶《あいさつ》したが、クラスメイトたちはよそよそしかった。だから優里亞が声をかけてくれたときは、ホッとしたし、うれしかった。

「おはよう、香川さん。昨日の話なんだけど、次の全校集会で、合唱部に歌ってもらうことになったから」

「え、本当に？」

「本当に！　ただ時間がないから一曲だけ。部員募集《ぼしゅう》の告知もひと言程度《ていど》ならＯＫって感じなんだけど……」

「充分《じゅうぶん》！　バッチリ！　それで集会はいつ？」

「来週の月曜日よ」

「月曜日ね。うん、わかった。谷さん、本っ当にありがとう！」

「うん、がんばってね」

席に着く優里亞を見送り、真琴は歌える場所と時間を与えられた喜びをかみしめる。今日は水曜日だから本番まで一週間もない。すぐに準備をしなくては。

そのとき廉太郎が教室に入ってきた。

この大ニュースを伝えたい！　真琴は駆《か》け寄ろうとしたが、廉太郎は真琴に目も向けずに席に着く。きっと真琴の気配は感じているはずだ。気づかないふりをしているのだろう。すでに登校していた美子とアンドリューも、同じような態度だ。

三人にとって合唱部はすでに廃部《はいぶ》したのと同じらしい。壇上に立って一緒《いっしょ》に歌ってくれるだろうか。真琴が一人で歌っても合唱部のアピールにならない。何しろ「合唱」なのだから。

昼休みになると真琴は中庭に立った。真琴の横には『合唱部員大募集！』の看板がある。自作のポスターをスケッチ板に貼《は》って、椅子《いす》の上に置いた急ごしらえの看板だ。

そしてたった一人で歌い出す。アカペラで歌うのは『涙《なだ》そうそう』。東京へ旅立つとき、ハスミンたちがはなむけに贈ってくれた歌だ。

♪　古いアルバムめくり　ありがとうってつぶやいた
　　いつもいつも胸の中　励《はげ》ましてくれる人よ

誰《だれ》か一人でも、立ち止まって合唱部に興味を持ってくれたら呼び水になる。そうすれば、きっと廉太郎たちも勧誘《かんゆう》の効果を認めて、一緒に歌ってくれる。真琴は信じていた。

♪　晴れ渡《わた》る日も　雨の日も　浮《う》かぶあの笑顔《えがお》
　想《おも》い出遠くあせても
　おもかげ探して　よみがえる日は　涙《なだ》そうそう

中庭で昼休みを過ごしている生徒は二十人以上いた。中庭に面した廊下《ろうか》を歩く生徒も多い。しかし真琴の歌に耳を傾《かたむ》ける生徒はいない。おしゃべりを続けたり、本を読んだり。チラチラ真琴を見る生徒もただ苦笑するだけだった。

教室にも真琴の歌声は届いている。

優里亞は真琴の歌声に聴《き》き入っているが、他の生徒は興味なさげだ。廉太郎、美子、アンドリューの三人は複雑な表情を浮かべていた。圏外《けんがい》なりに静かに高校生活を送ろうとしているのに、わざわざ波風を立てる転校生に戸惑《とまど》っていた。

それでも、必死に歌う真琴をじっと見つめている人が、一人だけいた。真琴から見えない位置で、建物の陰《かげ》からそっとのぞいている。

♪　悲しみにも　喜びにも　おもうあの笑顔
　あなたの場所から私が
　見えたら　きっといつか　会えると信じ　生きてゆく

一方、中庭を見下ろす二階のベランダには、不穏《ふおん》な空気を醸《かも》し出す人影《ひとかげ》が二つ。風香とほのかだった。

「香川さん、がんばってるねー」
「ねー」
眼下の真琴は、必死に歌い続けていた。曲がクライマックスにさしかかる。

♪　さみしくて　恋しくて　君への想い　涙そうそう
　会いたくて　会いたくて……

バシャ！

真琴の頭上高くから、滝《たき》のように水が降ってきた。一瞬《いっしゅん》で頭のてっぺんからつま先まで水浸《みずびた》しになる。その瞬間を目撃《もくげき》した生徒たちから悲鳴が上がる。

二階のベランダから、風香とほのかが身を乗り出す。そのそばに大きなバケツがあった。

「ごめん、手がすべっちゃったぁー」

謝《あやま》りながら顔は笑っている。

音にびっくりして中庭を見下ろした廉太郎たちも、びしょ濡《ぬ》れの真琴を見てすべてを察した。

屋上で居眠《いねむ》りしていた快人もざわめきに目を覚まし、中庭を見下ろす。

「マジか……」

中庭のギャラリーたちは唖然《あぜん》としているが、濡れネズミの真琴を助けようとする者は誰もいなかった。

風香とほのかは、しゃがんでベランダに身を隠《かく》しながら爆笑《ばくしょう》していた。

「アイツもう圏外以下じゃね？」

「キャハ！　受けるー」

立ち尽《つ》くしていた真琴は、ようやく無言で足を踏《ふ》み出した。そして中庭を走り去っていった。

＊

旧音楽室に駆け込んできた真琴は力尽きへたりこんだ。何でこんなめに……、ただ歌いたいだけなのに、お父さんとお母さんが歌い始めたこの場所で……。体をふく気力もわかなかった。

そのとき、ドアが開く音がした。

誰かが入ってきた。その生徒は、真琴の横にしゃがみハンカチを差し出した。

「合唱部の部室って、ここでいいんだよね？」

声にハッとする。それは里奈だった。風香やほのかと同じ一軍グループの……。真琴は顔を上げ、ハンカチを受け取る。

「うん。……何？」

里奈は気まずそうにしながら声を絞《しぼ》り出した。

「私も歌いたいんだけど……いいかな？」

「え？」

「入部……したいんだけど……」

「本当に？」

「実はさっき、香川さんの歌一人で聴いててさ、ちょっと感動した」

真琴の目に光が戻《もど》る。

「私も歌いたい」

はっきりと里奈は言った。真琴は大きくうなずく。

「うん、一緒に歌おう！」

思わず里奈の腕《うで》をつかむ。里奈の制服の袖《そで》が濡れてしまった。

「あ、ごめん！」

「ううん。水、大丈夫だった？」

「全然平気！」

二人が微笑《ほほえ》み合ったとき、再び部室のドアが開いた。今度は廉太郎、美子、アンドリューだ。

「みんな……」

「さっきの、大丈夫？」

さすがに心配そうな様子だ。

「全然平気！　全然平気！」

「え？　何で元気なの？」

意外な反応に美子の眉間《みけん》にしわが寄る。だが真琴はとびきりの笑顔だ。

「来てくれたよ、五人目の部員。引田さん」

「え？」

廉太郎は驚《おどろ》いて里奈を見た。里奈は照れくさそうにペコリと頭を下げた。

「僕《ぼく》たちも、最後にもう一回歌おうかと思って」

廉太郎が口を開いた。

「正直ムカついた。歌をバカにし過ぎてる」

美子も怒《いか》りを露《あらわ》にする。

「香川さんの声、ほんとはずっと聴こえてた」

アンドリューは真剣《しんけん》な顔で真琴を見て言った。真琴の目がみるみる輝《かがや》いていく。

「……これで歌える。週明けの発表会でみんなを驚かせよう！」

「週明け？　なんのこと？」

「谷さんがね、全校集会で歌えるようにしてくれたの」

初耳の廉太郎たちは急展開に驚く。

「週明けじゃ時間ないな。曲は？　どうするの？」

「まだだけど……当てはあるから」

真琴は妙《みょう》に確信を持った表情だ。部員たちは顔を見合わせた。


旧音楽室前の廊下に快人がいた。その手にはタオル。真琴を追いかけてきたが、入るタイミングを逃《のが》し立ち聞きする形になってしまった。中から真琴の元気そうな声が聞こえる。快人はホッとして立ち去っていった。

その様子を、優里亞もまた陰から見ていた。

11

放課後の旧音楽準備室。小さな部屋の奥《おく》で髪《かみ》にドライヤーを当てていた鈴木有明は、驚《おどろ》いて振《ふ》り返った。

「アレンジ？」

振り返った視線の先では、真琴が手を合わせて懇願《こんがん》している。

「お願いします！　週明けが発表会なんです。だから合唱用に」

有明はドライヤーを切り、めんどくさそうに答えた。

「発表会なんて勝手に決めんなよ。怒《おこ》られんの俺《おれ》だぞ？」

いや、生徒会の許可は出ている。ただ真琴にはそれを伝えるより先に、有明に伝えたいことがあった。

「先生は『うた』の語原、知ってます？」

「知らん」

「嘘《うそ》だ。だって有明先生が……」

言葉を飲み込んだ。気まずい沈黙《ちんもく》が流れる。有明はただ空中を見つめていた。視点は定まっていない。何かを思い出している……

「……わかった。引き受けてもいい」

「本当ですか？」

「ただ一つだけ条件がある」

「条件？」

「金だよ。アレンジ料」

有明は「くれ」と言うように手のひらを差し出した。

「おいくらでしょう……？」

「三万。それだけあれば、これから行くキャバクラで、ボトル入れられるんだわ。譜面《ふめん》がほしけりゃ金よこせ」

三万円。高校生には大金だ。

それを聞いた真琴はサッと準備室を飛び出していった。

あきらめた、いや、あきれたのだろう。戸が閉まる音を聞きながら、有明はそう思った。三万円なんて高校生がおいそれと出せる金額じゃない。それ以前に教師が生徒に金を要求するなんて、非常識にもほどがある。われながら……

有明はドライヤーを再開した。が、すぐに背後でガタガタと音がして手を止めた。真琴が戻《もど》ってきたのだ。

真琴の手にあったのはカバン。その中から封筒《ふうとう》を取り出す。三万という金額に、真琴にはピンとくるものがあった。父・雄司《ゆうじ》が餞別《せんべつ》としてくれた金額だ。ちょうど三万円入っている。封筒を持った手を有明に向けて伸《の》ばした。

「これで、よろしくお願いします！」

勢いにおされ、有明はその封筒を受け取った。

「交渉《こうしょう》成立ってことで」

ニッと真琴は笑う。そして念を押《お》すように、有明の瞳《ひとみ》をまじまじと見つめた。そこでようやく、真琴はあることに気づいた。

「……なんか、綺麗《きれい》……」

今日の有明は、いつものだらしない有明と違《ちが》い、清潔感あふれる姿だった。

白いシャツにネクタイ。きっちりした三つぞろえのスーツ。ジャケットを脱《ぬ》いだベスト姿だったが、それも様《さま》になっている。真琴の思い出に残るかつての空気を身にまとっていた。

ドン！

部屋の壁《かべ》を背にしていた真琴の顔の横に、有明は勢いよく手をついた。いわゆる壁ドンの格好《かっこう》になりながら、有明はクールに言った。

「毎週水曜は、キャバクラボトル半額デー」

「は？」

「週に一度のお楽しみ。水曜のキャバクラ前だけは銭湯《せんとう》行くことにしてんだ。エチケットな」

「……え、週に一回しかお風呂《ふろ》入らないんですか？」

「まぁな」

真琴は一歩、横に引いた。有明は気にも留めず尋《たず》ねてくる。

「で、曲は？　決まってんのか？」

「はい、これです……」

真琴は距離をとったまま腕《うで》を伸ばし、有明に楽譜《がくふ》を渡《わた》すと、そそくさと出ていった。

お金を払《はら》うのはいいが、風呂に入らないのはＮＧらしい。乙女心《おとめごころ》は複雑だと思いながら、有明は楽譜に目を落とした。

「こりゃ、キャバ行ってるヒマねぇな……」

楽しそうにつぶやいた。

12

翌朝、登校するなり真琴は部室に向かった。有明は職員室には寄りつかない。きっと準備室にいるはずだ。果たして楽譜《がくふ》に手を着けているのか……、あのキャバクラ好きめ、はなはだ心配だ。

早いうちにハッパをかけておきたい。

旧音楽準備室のドアを開けると、有明は机に突《つ》っ伏《ぷ》して寝《ね》ていた。徹夜《てつや》でキャバクラで遊んで、ここで寝てるってことだろうか。真琴はあきれながら有明の横に立つ。そしてリズムをとるようにデスクをたたいた。

「キャ・バ・ク・ラ！　楽しかったですか？」

有明はガバっと起き上がる。

「な、なんだ！？」

「ちゃんと約束守ってくださいね。時間がないんです」

寝ぼけ眼《まなこ》の有明に詰《つ》め寄ると、有明は目をこすりながら紙を差し出した。

「ほら、コレ」

それは書き上げたばかりの楽譜だった。

「もう出来たんですか？」

「本番は週明けだっけ？　今から練習しても間に合うかどうか微妙《びみょう》だけどなぁ……」

「ありがとうございます！」

聞いているのかいないのか、真琴は話の途中で楽譜を受け取り喜色満面で走り出した。

「おい、ちょっと！」

有明はデスクの引き出しを開け、何かを取り出し真琴に渡《わた》そうとする。しかし真琴の姿はすでになかった。仕方なく渡せなかったものをデスクの上に置く。ま、次の機会でいいか……

それは三万円が入った封筒《ふうとう》だった。


教室に駆《か》け込んできた真琴は、廊下《ろうか》側の席に集まっていた廉太郎、美子、アンドリュー、そして里奈の前に楽譜を置いた。

「合唱、これでいこう！」

「『ｏｖｅｒ　ｄｒｉｖｅ（オーバードライブ）』。ジュディマリか……」

九十年代のヒット曲だった。歌っていたのは『ジュディ・アンド・マリー』という人気ロックグループ。通称《つうしょう》、ジュディマリと呼ばれていた。懐《なつ》メロの域《いき》に入るが、古さは感じさせない。今の高校生にもなじみやすい曲だった。

「いいんじゃない？」

アンドリューが明るく言った。廉太郎と美子も納得《なっとく》しているようだ。クラシカルな合唱曲より、ポップスのほうが合唱初心者にも聴《き》きやすいだろう。

しかし一人黙《だま》り込んでいた里奈が、動揺《どうよう》した様子で真琴の手をつかんだ。無言のまま真琴の手を引き、教室を出ていく。

「え？」

残された三人はわけがわからず、首をひねるだけだった。

＊

里奈は、真琴を旧音楽室まで連れてきた。

何かに追われているかのように辺りを見回し、廊下に人がいないこと、準備室の有明も席を外していることを確認すると、ようやく口を開いた。

「香川さん、この曲って？」

「うん。動画で引田さんが歌ってた曲。これならみんなで歌えると思って。動画の引田さん、すごい上手だったし」

何の屈託《くったく》もなく言われ、里奈はいっそう動揺した。

誰《だれ》も知らないはずの秘密だった。里奈がネットアイドル『ネコ娘《むすめ》』であることは。

それを、真琴は見抜《みぬ》いていたのだ。

「どうしてわかったの？」

「声でわかるよ」

「ウソでしょ」

「ほんとだよ。合唱で大事なのは、まず相手の声を聴くこと。歌声を聴くだけで、相手の気持ちや体調までわかる」

「マジで？」

「うん、それが、合唱のおもしろいところだから」

「……何が目的？」

「え？」

「弱み握《にぎ》って、私にどうしてほしいの？」

里奈の顔には焦《あせ》りと、怒《いか》りに近い感情がにじんでいた。

「この曲歌ったら、あの動画が私だってバレるかもしれないじゃない。どうすればやめてくれんの？」

必死に懇願《こんがん》する。だが、真琴は目をそらさず迷いのない声で答えた。

「引田さんには、胸張って精一杯《せいいっぱい》、この曲を歌ってほしい」

「何よそれ？　私、アイドルぶって、動画で歌ってたんだよ。そんなのイタイじゃん！　だから仮面で顔隠《かく》してたのに……。香川さんは、笑われるのとか怖《こわ》くないの？」

「私は……、好きなことなら笑われてもいい」

「……私は、超怖い。全部怖いよ、バカにされるのも、嫌《きら》われるのも、ハブられるのも」

「でも、好きだから、顔を隠してまで歌ってたんでしょ？」

里奈は、自嘲《じちょう》するように笑った。

「仮面つけてれば、本当の自分でいられるの。それにネットでもさ、アイドルとして褒《ほ》められたらうれしくてさ。現実じゃアイドルなんて無理なんだもん……」

里奈の目から涙《なみだ》がこぼれ落ちた。

「引田さん」

真琴の表情は変わらない。

「私、香川に住み始めたのって小学校上がってからでさ。引《ひ》っ越《こ》したばっかりのころは、友だちにもなじめなくて……そんなとき出会ったの。教育実習中の有明先生に……」

＊

真琴が鈴木有明と初めて出会ったのは、小豆島の小学校。真琴は小学三年生、有明は二十二歳の教育実習生だった。

音楽の授業中。有明の伴奏《ばんそう》で児童たちは『気球にのってどこまでも』を合唱していた。教科書にも載《の》る定番の合唱曲だ。音楽室のピアノを弾《ひ》く有明は、服装《ふくそう》も髪型《かみがた》も今の姿からは想像もできない清潔感があり、さわやかな人気者だった。

♪　ときにはなぜか　大空に
　旅してみたくなるものさ
　　気球にのって　どこまでいこう

元気に歌う子供たちの中で、一人の少女だけが、歌わず声も出していない。有明は伴奏をやめ、その少女に歩み寄った。

「どうしたんや？」

優しく問いかけると、少女はうつむき、ポロポロ涙をこぼした。有明が名札をのぞくと『香川真琴』と書いてある。東京から転校してきた児童だと聞いていた。

ふと見ると、真琴の音楽の教科書は『アホ』『ダメニンゲン』など、ひどい悪口の落書きでいっぱいだった。

有明は腰《こし》を落とし、真琴と目線を合わせた。

「知っとるか？『うた』の語源は『訴《うった》える』なんや」

「うったえる……？」

「そう。『うったえる』が『うた』の語源」

「……」

「ホンマの気持ちを、声で伝えて歌うんや。ええな」

それだけ言うと有明は立ち上がり、クラスの全員に向かって言った。

「ええか。合唱では仲間外れは許されん。全員が全員のために歌う。それでやっと一つの歌声になるんやからな」

子供たちは顔を見合わせた。意味がわからず不思議がる顔や、気まずそうな顔もある。

「もう一度歌おう」

有明は子供たちの前に立ち、指揮をしながら先導するように歌う。
子供たちも歌い出す。

♪　ときにはなぜか　大空に
　旅してみたくなるものさ

少し遅《おく》れて、真琴もこわごわと歌い出した。その声が、少しずつ大きくなる。胸に押《お》し込めてきた思いを吐《は》きだすように。やがてその声はみんなの声と溶《と》け合い、ハーモニーの一部となる。
いつしか真琴は笑《え》顔《がお》で歌っていた。

♪　気球にのって　どこまでいこう
　風にのって　野原をこえて
　雲をとびこえ　どこまでもいこう
　そこになにかが　まっているから

＊

「うったえる……うた」

「うん。この曲の主旋律《しゅせんりつ》、ソプラノは引田さん。今の気持ちを精一杯歌ってね」

「主旋律か……」

主旋律とは曲の中心となるメロディ。それはソプラノの役割であるケースが多い。アルト、テノール、バスはメロディに深みを増す名脇役《めいわきやく》となる。

つまり真琴は、里奈に発表会の主役になれと言っているのだ。

「放課後さっそく練習ね？」

真琴は当たり前のように言う。里奈はすぐに返事ができなかった。

主役の重責を担うなんて不安で仕方ない。自分にできるだろうか。でも同時に、真琴が自分の声を聞き取ってこの曲を選んでくれたことは、少しうれしくもあった。『オーバードライブ』は、里奈の一番好きな曲だ。アップテンポで躍動感《やくどうかん》がある。歌詞もポジティブ。聞いているだけで笑顔になれる。

里奈はアイドルになりたいと、密《ひそ》かに思っていた。ファンを笑顔にさせるのが、アイドルの仕事だ。

『オーバードライブ』を歌って、聴いている人を笑顔にしたい、そんな気持ちを「訴える」ことができれば……いやいや、そもそも私、この曲をやめてほしいんじゃなかったっけ？　それがなんで歌うこと前提で、主役の重責で悩《なや》んでるんだろう？　なんかこの子、真琴って、わけのわからないパワーがある。うまく巻き込まれたっていうか、強烈《きょうれつ》な吸引力をもつ掃除機《そうじき》にグイーンって引っ張られた感じ……

「……うん、わかった」

少しの間考えた里奈は、決意したようにうなずいた。

13

放課後の練習のはじめに、改めてパートを決定した。主旋律《しゅせんりつ》となるソプラノは里奈。アルトは真琴と美子。テノールはアンドリュー。バスは廉太郎だ。

これは混声四部《こんせいしぶ》合唱とよばれる形の合唱。男性と女性が一緒《いっしょ》に、合わせて四つのパートに分かれて歌う。基本的にソプラノとアルトは女性、テノールとバスは男性が担当する。大きく分ければソプラノとテノールは高音で細い声。アルトとバスは低音で太い声ということになる。

「じゃ、ストレッチから！」

部長の廉太郎が号令をかけた。真琴は首をゆっくり回した。美子、アンドリューもそれに続くが、里奈だけ、わけがわからず突っ《つ》立っている。

「何？　何でストレッチ？」

里奈は合唱の練習といえば発声練習ぐらいしか思いつかなかった。

「声を出す前に体をほぐす。そうじゃないと、いい声が出ないんだもん」

真琴が説明する。

「へえ……」

里奈は見よう見まねで首や肩《かた》を回した。

「今日は、引田さんは合唱初めてだし、僕《ぼく》らも本格的な練習は久しぶりだし、基本をなぞっていこう」

ストレッチが終わると、廉太郎の仕切りで合唱のミーティングが始まった。

「香川さんの話では、引田さんは声が美しいらしいけど……」

「うん、いやあ、まあ……」

真琴は『ネコ娘《むすめ》』のことは伏《ふ》せながら、里奈の歌は素晴らしいと話していた。

「最初に言っておきたいのは、カラオケでポップスを歌うのと合唱とでは、発声がまったく違《ちが》うってこと。美声を合唱でいかすためにも、まずは覚えてほしいのは『姿勢』と『呼吸』と『口の開け方』。それに『声の響《ひび》かせ方』だね」

廉太郎は自分をモデルにしながら、正しい姿勢を解説する。

「足は肩幅《かたはば》くらい開く。背筋はまっすぐ。でも反りすぎないように。下腹は引き締《し》めて。肩の力は抜《ぬ》いて、両腕《りょううで》はだらんと下ろす」

「だ、だらんと？　ええっと」

いっぺんにいろいろ説明されて、里奈はどこに力を入れて、どこの力を抜くのか混乱した。

「あ、猫背《ねこぜ》になっちゃってる」

真琴は里奈の体に触《ふ》れて姿勢を矯正《きょうせい》していく。美子も横から補足する。

「体の中心に長い筒《つつ》があるとイメージしてみて。その筒がまっすぐになっているのが、合唱するのにベストな状態と言われてるわ」

「体の中心に、まっすぐな筒……」

「そう、背筋はこのくらいでちょうどいい。アゴは引いて、頭はまっすぐ」

美子は里奈の頭を軽く押《お》さえる。

「こう?」

「そうそう、バッチリだよ」

どうにか様《さま》になると、廉太郎は矢継《やつ》ぎ早《ばや》に説明していった。

「合唱では腹式呼吸が基本。よく『腹から声を出せ』って言うよね。厳密に言えばお腹《なか》から声が出るわけじゃない。空気をたっぷり深く吸いこんで、横隔膜《おうかくまく》が内臓を押し下げるほど肺を膨《ふく》らませる。その状態で歌うと、息が長く続いて安定した歌声になるってことなんだ」

「はあ……」

「横隔膜」、「丹田《たんでん》」、「舌の力を抜いて」、「口の中の空間を広げて」、「のどの奥《おく》を開いて」、「体の中の空洞《くうどう》に声を響かせて」……、要領がつかめないまま、廉太郎の口から聞き慣れぬ単語が飛び出し、里奈の耳を通り過ぎていく。

「……で、眉《まゆ》と鼻の間に鼻腔《びくう》という空間があるんだけど」

「ちょ、ちょっと待って!」

里奈は腕を突き出し、両手を広げて「待て」のポーズをした。

「……もしかして、頭パンクした?」

心配そうなアンドリューの言葉に、里奈はコクンとうなずいた。

「ぶっちゃけ、そんな感じ」

「だよね。新入生が一学期間かけて覚えるようなこと、詰《つ》め込んだからね」

廉太郎は気まずそうに下を向いた。

「……ごめん、僕の悪い癖《くせ》なんだ。でも本番まで時間がないからさ、つい」

「ま、実際、時間はないもんね」

美子も頭を悩《なや》ませる。

真琴はほんの少し考えてからニカッと笑い、仕切り直すように両手をパン！　と打った。

「細かいことはあとあと。体はリラックスして、顔は笑って、歌えばいいよ」

「笑えばいいって、そんなテキトーな」

廉太郎が口を尖《とが》らせる。

「あのね、笑顔《えがお》はいい声を出すのに一番良い状態だと言われてるの。ほんとだよ」

真琴が主張した。

「笑顔か……」

里奈は試しに笑顔を作ってみた。ほっぺたの筋肉をやわらかくして、キュッと上げる。そうすると口の中が広くなって、のどの奥も開いたような気がした。廉太郎が言葉で説明したことが、少しだけど、感覚としてつかめる。

「確かにそうだな……」

廉太郎も納得した。

「理屈《りくつ》はあとで覚えればいい。とにかく今は体で覚えてもらおう」


翌朝から朝練も始まった。「ジャージとか動きやすい格好《かっこう》にしてきて」と言われた意味は、里奈にもすぐにわかった。中庭に集まった一同は、まずはレジャーシートを敷《し》いた地面の上で輪になり、仰向《あおむ》けに寝《ね》ころんだ。

「息をふかーく吸って、ふかーく吐《は》いて。……ほら、息を吸うとお腹が膨らんで、吐くと引っ込むだろ。これが腹式呼吸。立ってる状態でこのお腹の動きができたらベストだね」

続いて筋トレ。腹筋や背筋や足腰《あしこし》を鍛《きた》えると廉太郎は言う。

「良い合唱をするには、良い筋肉が必要なんだ」

腹筋運動。里奈は仰向けに寝て、膝《ひざ》を立てた状態から上半身を起こす。「反動は使うな。腹筋だけを使って起きあがれ」と指示された。

「うっ、うう……」

地味な動きだが、やってみるとキツい。

「も、もしかして、合唱部ってみんな腹筋割れてたりする？」

「まさか。シックスパックまでいかなくてもいいの。必要なのは適度《てきど》な筋肉」

冷静に美子は言う。ムキムキにならなくとも、体を鍛えることは合唱部の必須事項《ひっすじこう》らしい。

「合唱部って文化部じゃなかったの？」

「文化系運動部っていう話もあるけどね」

「そうだ、合唱ならではの練習もあるよ」

アンドリューは腕立て伏せを始めた。そして腕の屈伸《くっしん》を繰《く》り返しながら、「あ、え、い、う、お、あ、う」と、発声練習をする。

「私も！」

真琴も負けじと腹筋運動をしながら、声を出した。

「あ、え、い、う、お、あ、う」

「……マジ？」

里奈は目を瞬《またた》かせる。とんでもないところに来てしまったんじゃないか？　そんな思いが頭をよぎった。

放課後は、ようやく本格的な発声練習が始まった。

「ここ、おでこの内側に声を当てるようなイメージで歌ってみて」

真琴が、里奈のおでこの前で拳《こぶし》を握《にぎ》って、目標を示してくれた。言われるままに拳を狙《ねら》って声を出してみる。

ひととおり声を響かせると、次は各パートに分かれての練習。部員の多い強豪校《きょうごうこう》なら部屋を分けたりするが、たった五人なので部室の中で距離《きょり》を取り合って練習する。初めての里奈には、アルトの真琴と美子がサポートに着いた。

続いて全員そろってのパート練習。たとえばアルトが歌うのを他のパートも聞き、次はテノールの……という風に聞き合っていく。自分の担当以外の音を聞くことも、練習の一つなのだ。

そして最後に、全員で声をそろえて歌う。

歌い終えると、指揮役の廉太郎は小さくうなずいた。

「……うん、いいんじゃない？」

ホッとした里奈と真琴たちが微笑《ほほえ》みあう。ハーモニーはまだ荒削《あらけず》りだが、それぞれに手応《てごた》えはあった。

廉太郎は準備室のドアをチラッと見た。美子がその視線に気づく。

「……ああ、有明？　来るわけないでしょ」

ちゃんとした学校の部活なら、全体練習には顧問《こもん》が立ち会って指導することが多い。だが、オモコーでそれはまったく期待できなかった。


朝の筋トレ、放課後の発声と合唱の練習。

短い期間だが、このルーティンを繰り返すうち、初めは戸惑《とまど》っていた里奈も合唱のメソッドが体になじんできた。

練習からの帰り道。里奈がほとんど無意識に自分のパートを口ずさむ。隣《となり》を歩く真琴が、すかさずアルトの音を重ねる。

フッと里奈の顔から笑みが消えた。足を止め、ポツリと独り言のようにつぶやく。

「……どうしよう……合唱楽しくなってきた」

「どうしようって、何？」

「何でもない」

里奈は首を振《ふ》り、笑った。

14

土日も集まり練習を重ね、月曜日。ついに本番がやってきた。

発表の舞台となる生徒集会が体育館で開かれている。全校生徒がそろっていた。合唱部の出番は一番ラストだ。

ステージから見て右の壁《かべ》に沿って、大曽根校長をはじめ教師たちが並んでいる。瀬山は席に着いていたが、その隣《となり》は空いていた。本来は有明が座るはずだが、まだ来ていない。合唱部の発表があることは知っているはずだが……

瀬山は有明の無責任ぶりにあきれる半面、自分でも、この発表で合唱部が復活するのは難しいだろうと思っていた。このまま廃部《はいぶ》になっても一向に構わない、むしろ肩《かた》の荷が下りるというのが本音だった。

集会は淡々《たんたん》と進行する。ステージの裏で合唱部員たちは緊張《きんちょう》の面もちで待機していた。特に里奈は見るからにガチガチだ。顔色すら悪い。

「ダメだ……私、ちょっと、トイレ行ってくる」

パタパタと出ていってしまった。部員たちは無理もないだろうと、黙《だま》って見送った。

＊

水道の蛇口《じゃぐち》をキュッと締めると、里奈は鏡に映る自分の顔を見つめた。

「まさか普通《ふつう》に歌う気じゃないよね？」

突然《とつぜん》、声がした。ハッとして振《ふ》り返る。トイレの出口にほのかと風香が立ち、ステージへの道をふさいでいた。

「私たちの計画、覚えてる？」

里奈は目を伏《ふ》せた。風香は腕《うで》を組み、言い聞かせるように『計画』を説明する。

「里奈が合唱部に『嘘《うそ》』入部する。直前で合唱部から抜ける。全校生徒を前に、合唱は不成立。香川さん大パニックで笑い者。これでしょ」

「うん。でも……」

「でも？」

里奈は萎縮《いしゅく》しながらも、思いを吐《は》き出した。

「合唱部なんてバカにしてたけど、みんな本気なんだよね。筋トレとかしちゃって」

「で？」

「私が抜《ぬ》けたら、その本気って全部無駄《むだ》になるわけで」

「そういう計画じゃん」

「でも……」

「でもじゃない。はい、客席行くよ！」

風香は里奈の腕をつかみ、強制的に連れていこうとした。

「ちょ、ちょっと待って」

引きずられるように廊下《ろうか》に出たとき、向こうからやってくる人影《ひとかげ》が見えた。優里亞だ。里奈の顔に安堵《あんど》の笑《え》みが浮《う》かぶ。

「優里亞、ちょっと助け……」

無言のまま優里亞が近づいてくる。いつもと同じ美しい顔で。優里亞は里奈の目の前で立ち止まった。次の瞬間《しゅんかん》。

パンッ！

里奈の頬《ほお》に鋭《するど》い痛みが走った。優里亞がビンタしたのだ。

「え？」

「せっかく『私』が考えた計画、台無しにしないでよ」

口元にうっすら笑みが浮かぶ。

里奈は悟《さと》った。

真琴を孤立《こりつ》させた一連の出来事は、すべて谷優里亞が裏で糸を引いていたのだ。これまで里奈は、風香とほのかが、学園のマドンナである優里亞の威光《いこう》を利用して威張っているだけだと思っていた。優里亞の知らないところで。

だがそうではない。風香とほのかは手足にすぎない。気に入らない存在を排除《はいじょ》し、地位を守るために周囲を利用する。優里亞こそ、すべての黒幕、ラスボスだった。

じんじんと痛みが増す頬を押《お》さえてへたり込む里奈を、優里亞は冷たく見下ろしていた。


生徒集会は終わりに近づいていた。あとは合唱を残すのみになった。

「続きまして、最後に合唱部の合唱発表です」

司会役の生徒会長が、声をひそめ、ステージ袖《そで》の合唱部員たちに尋《たず》ねる。

「スタンバイＯＫですか？」

「すいません、一人トイレに行ってて……」

真琴は拝むように手を合わせて、そう答えた。生徒会長が「準備がありますので、少々お待ちください」とつないでくれる。

……が、一分経っても里奈は戻《もど》ってこない。この状況での一分は、待つほうも待たせるほうも、ひどく長く感じる。次第に客席はざわついてきた。

「トイレにしては長くないか？」

廉太郎がつぶやく。真琴たちも同じように思っていた。いったい何があったのか、不安が募《つの》る。

そこに教頭の天草が顔を出した。

「相葉くん……これ以上待たせるなら中止にします」

事態はいよいよ緊迫《きんぱく》してきた。真琴は舞台の端《はし》から顔を出し、客席の様子をうかがった。

ざわつきが、徐々《じょじょ》に大きくなっている。みんな飽《あ》きて、待ちくたびれているらしい。そのとき、体育館後方の扉《とびら》から、優里亞、風香、ほのかが入って来るのが見えた。どこに行っていたんだろう？　あっ……

三人の後ろから、里奈も入ってきた。

「引田さん！　こっち！」

真琴は笑顔《えがお》で手招きする。美子たちも横から顔を出した。

しかし、里奈はうつむいたまま舞台を見ようともせず、優里亞たちの後ろを歩いていき、そのまま優里亞の隣の席に座ってしまった。


「引田さん……？」

真琴には、何が起きたのか、うまくつかめなかった。

「裏切ったってわけね」

美子が冷たく状況《じょうきょう》をとらえた。廉太郎も肩を落として言った。

「主旋律《しゅせんりつ》がいないんじゃ合唱にならない……。あきらめよう」

バン！　悔《くや》しさを露《あらわ》にして、アンドリューが拳《こぶし》で幕をたたいた。

「結局さ、いっつもさ、私たち……」

美子の目にも涙《なみだ》がにじんでいた。

真琴は、里奈に視線を送り続けていた。里奈はうつむいたまま、こちらを見ない。

確かに美子の言うとおり、合唱部は裏切られたのかもしれない。最初から合唱部を困らせるつもりで、入部したフリをしたのかもしれない。

でも、この一週間、一緒《いっしょ》に練習して、一緒に歌って、里奈は感じてくれたはずだ。合唱の楽しさを。仲間とハーモニーを奏《かな》でることの楽しさを。そして、自分の素直な気持ちを『訴《うった》える』ことの楽しさを。

教師の列では、袖から戻ってきた天草が大曽根校長の横に座り「困ったもんですな」と言いながらニヤリとした。大曽根はそれには答えず、舞台を注視している。天草は司会役の生徒会長に両手で×のサインを送った。

ざわめきが大きくなる中、司会役の生徒が口を開く。

「予定しておりました合唱発表ですが、都合で中止と……」

「ちょっと待ったぁー!!」

真琴は、ステージに駆《か》け出していった。客席が何事かとどよめく。教師の列とは離《はな》れ、体育館の隅《すみ》からステージを見据《みす》えていた有明も怪訝《けげん》な表情をした。うつむいていた里奈が、顔を上げて真琴の姿を見る。

ステージの真ん中に立った真琴は、スポットライトの中、まっすぐ里奈を見つめた。そして大きく息を吸い足に力を入れ、その場でジャンプを始めた。

『1、2、3……』

ジャンプする真琴の胸には、いくつかの言葉が浮かんでいた。


幼いころに父が教えてくれた。

——凹《へこ》んでる時間がもったいないぞ。凹む前に跳《と》べ！

中庭で快人がさりげなく言ってくれた。

——もっと見せつけてやれば？

若き日の有明先生が教えてくれた。

——『うた』の語源は『訴える』。……ホンマの気持ちを、声で伝えて歌うんや！

すべて自分を後押ししてくれた言葉たちだ。そして、真琴は確かに聞いた。

——合唱楽しくなってきた。

里奈がそうつぶやいたことを。

『……9、10！』

真琴はジャンプを終えた。最後に力強く、舞台を踏《ふ》みしめて。

歌おう、精一杯《せいいっぱい》……。真琴はそう決意した。

舞台袖からジッと見ていた廉太郎、美子、アンドリューも、覚悟《かくご》を決めてステージへと出てきた。四人は声を出し音程を確認する。確認が終わると、四人は客席のほうを向いて並ぶ。目配せし合い、アカペラで歌い始めた。

♪　ララララー　ラララー　ララララー

もっと遊んで　指を鳴らして　呼んでいる声がするわ

……無いのヨ

指先から　すり抜けてく　欲張《よくば》りな笑い声も

……溶《と》かすから

主旋律のないハーモニーだった。歌詞の一部が抜けてしまう。原曲を知っている人にも知らない人にも、不自然にしか聞こえない。アルトとテノールとバスだけの『オーバードライブ』は、ずいぶん間《ま》抜《ぬ》けに響《ひび》いていた。

しかしそれでも四人は歌をやめない。一軍の生徒たちは顔を見合わせ、笑いをかみ殺している。

「何、あれ？」

「超ビミョー」

風香とほのかが嘲笑《ちょうしょう》する。

「ちょっと、ちゃんと聴《き》いてあげなよ」

優里亞が真面目そうに諭《さと》す。ここでの優里亞はオモテの顔だ。だが、その表情には優越感《ゆうえつかん》が浮かんでいる。


里奈はただ、目を逸《そ》らせず合唱を見守っていた。

その唇《くちびる》が動き始める。


「夜に堕《お》ちたら」

♪　…………堕ちたら
「ここにおいで……」
♪　…………おいで
「教えてあげる　最高のメロディ」

里奈は思わず主旋律を口ずさんだ。その声は聞き取れないくらい小さい。

隣で気づいた優里亞が冷たく里奈を見る。

もう里奈は、優里亞の視線も気にならなかった。自分の中から、歌がわきだしてくるのを止められない。私の大好きな曲。こんなふうに泣きたい気持ちで歌う曲じゃない。歌う人も聞く人も、みんなを笑顔にさせる曲だ。

合唱は続いていく。

里奈は立ち上がり、はっきりとした声で歌った。

「地図を開いて　いたずらにペンでなぞる
心の羽根は　うまく回るでしょ？」

真琴たちは里奈に気づいた。客席の里奈の声と、舞台上の四人の声がハーモニーを奏でる。真琴は歌いながら、里奈を見つめてうれしそうに微笑《ほほえ》んだ。

そう、この笑顔だ。

里奈は優里亞の前をすり抜け、ステージに向かって駆け出した。

♪　走る雲の影《かげ》を　飛び越《こ》えるわ
　夏のにおい　追いかけて
　あぁ　夢は　いつまでも　覚めない
　歌う　風のように……

五人の声が溶け合い、一つのメロディとなって響き渡《わた》る。少し不器用なハーモニーは、しかし会場の空気を支配していった。

校長の大曽根まで、楽しげに体を揺《ゆ》らしている。

必死に、でも笑顔で歌う真琴を見つめ、快人の瞳《ひとみ》には涙がにじんでいた。

♪
愛《いと》しい日々も　恋も　優しい歌も
泡《あわ》のように　消えてくけど
あぁ　今は　痛みと　ひきかえに
歌う　風のように……

走る雲の影を　飛び越えるわ
夏の日差し　追いかけて
あぁ　夢は　いつまでも　覚めない
歌う　風のように……

合唱部がすべて歌い切ると、会場内は静まり返った。数秒間の後、一つの拍手が鳴り響く。快人だった。
「ブラボー!!　スゲーぞ」
快人は立ち上がり、さらに強く拍手する。周囲の生徒たちも手をたたき始める。会場は全校生徒の拍手で埋《う》め尽《つ》くされていった。廉太郎たち合唱部員も、ここまでの拍手を受けるのは初めてだった。興奮が抑えきれない。里奈は初めて感じる喜びをかみしめていた。

興奮が冷めやらぬ中、真琴は一歩前に出た。

「みなさん！　合唱部は部員を募集《ぼしゅう》しています。男女問わず、人数制限はなし。合唱に補欠はありません。合唱には部員全員の力が必要です。合唱には、一軍も、二軍も、圏外《けんがい》もないんです！」

廉太郎たち四人も一緒に頭を下げる。

「よろしくお願いします！」

15

生徒集会が終わった体育館を、真琴と里奈はモップで掃除《そうじ》していた。椅子《いす》はすべて片づけられ、体育館はがらんとしてる。真琴はかすかに残る余韻《よいん》をかみしめながら、里奈に笑顔《えがお》を向けた。

「楽しかったね、合唱。ありがとう」

里奈は気まずそうに顔を背ける。

「ありがとうって……私、裏切ろうとしたんだよ。わかってるでしょ？」

「でも歌ったじゃん」

「……」

「絶対来ると思った。動画の引田さんすごく楽しそうだったし、歌、好きなんだよね？」

「……うん」

うなずいた瞬間《しゅんかん》、涙《なみだ》がこぼれ落ちた。真琴は駆《か》け寄り、里奈を抱《だ》きしめた。

「これからも一緒《いっしょ》に歌おう」

「うん」

里奈は声を振《ふ》り絞《しぼ》る。

「ごめんね真琴」

「いいよ、いいよ里奈」

初めて名前で呼び合い、二人はしっかり抱き合った。泣きじゃくる里奈の背中を、真琴がポンポンとたたく。

こうして引田里奈は、正真正銘《しょうしんしょうめい》、五人目の合唱部員となった。

第2曲　翼をください

1

蕎麦屋《そばや》『万歳庵《ばんざいあん》』の厨房《ちゅうぼう》に、柔《やわ》らかな朝の光が差し込む。厨房では、原田万歳《はらだばんざい》が今日の仕込みの傍《かたわ》ら、孫の弁当用に自慢《じまん》のかき揚《あ》げを揚げている最中だった。

「ねぇ、じいちゃん、私、そんなに食べられないよ」

香川真琴《かがわまこと》が万歳の後ろから天ぷら鍋《なべ》をのぞき込む。

「まーたまたぁ、好きだろ？　かき揚げ」

「好きだけど……、お弁当はちゃんと自分で作るから」

「小エビ、小柱、タマネギ、三つ葉。最高のハーモニーだな。混声四部《こんせいしぶ》だったか？　え？　違《ちが》うか？　アハハハ」

万歳は、孫のために弁当を作ってやる日が来るなんて、うれしくてたまらないといった様子だ。

真琴も、そんな祖父の気持ちがよくわかるから、これ以上は言えなくなる。

「おはよー」

母の美奈代《みなよ》が起きてきた。寝《ね》ぼけ眼《まなこ》で、頭にカーラーを巻いたままでいる。

「え、朝から天ぷら揚げてんの？」

「真琴の弁当用！」と万歳は得意げだ。

「だから自分でやるってば」

「合唱部だって体力使うだろー。食わねぇといい声出ねぇだろー」

万歳は得意満面な様子で、一切聞いてない。

「自分は嫌《きら》いだったクセに、合唱……」

美奈代はあきれ顔だ。

「え、じいちゃん、合唱嫌いなの？」

真琴の表情が一気に曇《くも》る。

「いやいや、合唱は昔から大好きだよ。美奈代のときだって応援《おうえん》してたんだから」

孫に嫌われちゃぁかなわねぇ。万歳は必死にその場を取り繕《つくろ》った。

「最初だけね。そのうち猛反対《もうはんたい》が始まんのよ」

「何で？」

「俺《おれ》は合唱が嫌いだったんじゃない……、あの男が許せなかったんだ！」

万歳はだんだん興奮してきた。美奈代にも矛先《ほこさき》を向ける。

「だいたい何なんだおまえは。娘《むすめ》より寝坊《ねぼう》しやがって」

「今やろうと思ってたの」

美奈代はムッとした様子で、万歳に食ってかかる。

「本来弁当は、母親が子供のために作るもんだろ」と、万歳はまだブツブツ言っている。美奈代も「母親としてなってない」なんて言われたまま、黙《だま》っちゃいられない。

「いや、だからお弁当は自分で……」

真琴は二人の間に割って入ろうとするが、態度の硬化《こうか》した美奈代に一蹴《いっしゅう》される。

結局、テーブルの上に弁当箱が二つ並んだ。真琴は、おとなしく両方ともカバンに入れる。

「行ってきます……」

万歳と美奈代はまだピリピリしているが、これ以上関わると遅刻《ちこく》する。真琴は玄関《げんかん》を出て、店の前を掃《は》き掃除《そうじ》していた祖母の知世《ともよ》に声をかけ、小走りに学校を目指した。

2

「はよっ」「おはよー」

登校してくる生徒たちの声が、下から聞こえてくる。屈託《くったく》のない明るい声がうらやましい。里《り》奈《な》は、ひどく憂鬱《ゆううつ》な顔をしていた。

さっき教室に入る手前で、優里亞《ゆりあ》に呼びとめられてしまった。今、一番話したくない、顔も合わせたくない相手なのに、連れられるまま屋上まで来てしまった。カリスマ性とでも言うのだろうか、優里亞にはどこか、里奈の言動を縛《しば》る力があった。

何の目的で屋上まで呼び出したんだろう……

優里亞にたたかれたときの記憶が呼び起こされる。里奈は言いようのない不安と恐怖《きょうふ》を感じていた。

すると、優里亞はくるっと里奈に振《ふ》り返り、深々と頭を下げた。

「たたいてゴメン！」

「!?」

「ずっと謝《あやま》んなきゃって思ってて……。本当にどうかしてた」

優里亞の声は少し震《ふる》えているようだ。予想外の展開で、里奈は何と答えていいかわからなかった。優里亞が話を続ける。

「里奈が合唱部に取られるみたいで怖《こわ》くなって、なんかイラついちゃって……」

「……うん」

本当だろうか？　あのとき、風香《ふうか》とほのかにそそのかされ、里奈は合唱部を騙《だま》そうと入部したフリをした。優里亞はそのことを知らなくて、もしかして本気で私が合唱部に入ったと思い、嫉《しっ》妬《と》していたのかもしれない。でも、確か……

里奈の思考を、優里亞の言葉がさえぎった。

「里奈の合唱、ほんっとに感動した。これからは応援《おうえん》するから。だから許してくれない？」

すべてを帳消しにする、天使の微笑《ほほえ》み。やっぱり優里亞は私のことを大事に思ってくれているんだ……。里奈の表情が明るくなる。

「うん……わかった」

「よかった。ありがとう！」

優里亞はまたも、とびっきりの笑顔《えがお》を見せた。

3

「うーん、どうすっかなー、コレ……」

教室の机に弁当を二つ並べて、真琴は思案にふけっていた。

「香川さん！」

ふいに名前を呼ばれて顔を上げると、優里亞がニコッと笑いながら真琴のほうへ駆《か》け寄ってくる。後ろから里奈もついてきていた。

「あ、おはよう」

真琴は笑顔を見せた。優里亞のおかげで、全校集会で合唱を披露《ひろう》することができたのだ。お礼言わなきゃ。

「さっき里奈とも話したんだけど……、これからも私、合唱部の応援《おうえん》続けるから。ね、里奈？」

優里亞は里奈を振《ふ》り返った。

「うん！」

里奈はうれしそうな顔で答えた。

「ありがとう。じゃあ、よろしく。全校集会のことも、ほんっとに谷さんのおかげで……、あ、谷さん！　もし良かったら一緒《いっしょ》に歌わない？　合唱部存続まであと三人！　部員募集中《ぼしゅうちゅう》なんだけどさ」

「それはゴメン。テレビのお仕事もあるし、ちょっと」

優里亞は残念そうに断った。

「そっか……」

お天気お姉さんをしていた優里亞の姿を思い出した。ほんとに芸能人オーラが出ていた。確かに忙《いそが》しいだろう、仕方がない。真琴は話題を変えた。

「ねぇ、ちなみに谷さんって、お弁当持ってきてる？」

「どうして？」

「家庭の問題で余っちゃってさ、一つどうかなーと思って」

真琴は頭をかきながら答えた。

「あ、お昼は買うから平気。ごめんね」

「だよね、ハハ」

やっぱりダメか……、ほんとどうしよっかな、コレ……

そんなことを考えつつ、真琴が前に向き直ると、夏目《なつめ》快《かい》人《と》がヒョイと顔を出した。

「わっ、びっくりしたー」

快人は無言で、真琴の弁当を見つめていた。その眼《まな》差《ざ》しは熱い。

「あ、お弁当いる？」

「いいの？」

快人の顔がパーッと明るくなり、すかさず弁当に手を伸《の》ばした。しかし真琴はサッと弁当を引いた。

「快人くん、合唱やらない？」

真琴はにっこり顔で勧誘《かんゆう》する。快人はかなりこのお弁当をほしがっている。ここは取り引きってやつで……

「え、俺《おれ》？　俺はいいや」

「なんで？　何か部活やってるの？」

「まぁ、誘《さそ》いはあるんだけど、一つに絞《しぼ》れないんだわ」

「もう二年だよ？　高校生活終わっちゃうよ？　人生は短いんだから」

「はは、確かに……」

なぜか快人の表情に一瞬《いっしゅん》影《かげ》が差したように見えた。

「あげる！」

真琴は弁当を突《つ》き出した。どうせ余る弁当、この際、取り引きはいいや……

「ありがとう！　得したー、最近金欠《きんけつ》なんだよ。うわ、かき揚《あ》げだ。うまそー」

「じいちゃんのかき揚げだよ」

「まず一つ、あったかいうちに……」

ホームルームが始まるまで、真琴と快人は楽しそうにしゃべっていた。そんな二人の様子を優里亞は席からじっと見ていた。

4

放課後、真琴は里奈と一緒《いっしょ》に教室を出て、旧音楽室へと向かった。部員を増やすにはどうしたらいいかと真剣《しんけん》に議論しながら歩いていると、旧音楽室のほうから何か騒《さわ》がしい声が聞こえてくる。

真琴と里奈は話をやめて、顔を見合わせた。

「何だろね？」

二人は足早に旧音楽室へと急いだ。

真琴と里奈が旧音楽室の前まで来ると、そこには、部長の廉太郎《れんたろう》をはじめとした合唱部員や、副顧問《ふくこもん》の瀬山《せやま》えみりがいた。何やら揉《も》めている様子だ。揉め事の中心には教頭の天草五郎《あまくさごろう》の姿がある。なんと旧音楽室のドアにベニヤ板を打ちつけている。

「何してるんですか？」

真琴はびっくりして駆《か》け寄った。

「旧音楽室は閉鎖《へいさ》します。老朽化《ろうきゅうか》が進んでいて危ない」

天草がぴしゃりと言い放つ。

「でもここは合唱部の部室です」

廉太郎が詰《つ》め寄るが、天草は「発表会のあと、一人でも部員は増えましたか？」と厳しい表情で、事実を突《つ》きつける。合唱部のみんなから気落ちした空気が漂《ただよ》った。

「そうよね。こんな状態で今から三人も集まると思うの？」

副顧問の瀬山も、まったく味方してくれる気はないようだ。

「集めます！」

真琴が気丈に答える。

「理想じゃなくて、現実の話をしてるのよ……」

瀬山がため息まじりに言った。

「集めます！」

それでも真琴は食い下がる。合唱部員と天草、瀬山との間にピリピリとした緊張《きんちょう》が走った。

そのとき、ベニヤ板の向こう、旧音楽室のドアの内側をガンガンとたたく音がした。

「！」

みんな驚《おどろ》いて、ドアに注目する。

「あのー、すみません。まだ中にいるんですけど……」

ドアにはめ込まれている擦《す》りガラスの窓に、鈴《すず》木《き》有《あり》明《あけ》の横顔がべたっと張りついていた。

「いったい何してるんだ、君は！」

天草がドア越《ご》しに非難する。

「あの……、寝《ね》てました」

仕方なく天草は、廉太郎とアンドリューに、いったんベニヤ板をはがすよう指示した。二人がベニヤ板をはがして封《ふう》鎖《さ》されていたドアを開けると、中から相変わらず清潔感のない有明が出てきた。

「有明先生、いらしたんですか？」

瀬山はあきれた顔だ。

「いらしました……。大事な資料もたくさん残っているので、もう少しだけ閉鎖は待ってもらえませんか？」

有明は、こんな状況でも合唱部のことはまったく気にしていない様子だった。まあ、閉鎖を待ってもらえれば、結果として合唱部は助かるのだが……

「だいぶ散らかってましたもんね、キャバ嬢《じょう》スクラップで……」

瀬山の声に軽蔑《けいべつ》の色がまじる。

「仕方ない。しかしキッチリ一か月後には閉鎖しますよ。問答無用で」

天草はそう宣言した。

「……と、まあ何とか生き延びたけど、このままじゃ望みは薄《うす》い」

廉太郎がピアノの椅子《いす》に座りながら切り出す。何とか天草たちを追い返して旧音楽室に入ったものの、あと一か月で部員を三人集めなくてはならない。前途多難《ぜんとたなん》だ。

「ビラ配ってても、ラチ明かないわね」

美子《みこ》が準備運動をしながら言う。

「じゃあさ、もう一度発表会しよう！」

真琴は満面の笑《え》みで提案したが「アンタはただ歌いたいだけだろ」と里奈に小突《こづ》かれた。

「まあ、まずは各自が心当たりを当たってみよう。さ、とにかく今は練習！」

廉太郎がピアノを弾《ひ》き出す。

声出しをしながら体を動かしていた真琴は、ふと、名札ボードの下の床に、一枚だけ名札が落ちているのに気がついた。拾い上げると『宮崎祐《みやざきたすく》』と書かれている。

「この宮崎って誰《だれ》?」

みんなの歌声がやんだ。

「一年生?」と、真琴は続けて尋《たず》ねる。

ところが、真琴の問いに誰も答えないばかりか、みんなの表情には嫌悪感《けんおかん》が浮《う》かんでいる。

「いや、正確には二年だけど……」

やっとアンドリューが口を開いた。

「学校に来てればね」と、美子が付け足した。

「どういうこと?」

「一年の終わりから不登校。合唱部もやめてる」

廉太郎が答えた。

「じゃあ会って話してみようよ。この宮崎くんが学校に来るようになれば、合唱部員が一人増えるってことじゃん!」

みんながなぜ険悪《けんあく》な雰囲気《ふんいき》になっているのかわからないが、真琴はいい案だと思って言った。

「冗談《じょうだん》でしょ」

美子が吐《は》き捨てる。

「祐は合唱部に泥《どろ》を塗《ぬ》った人間だ。わざわざ引き入れるなんて有り得ない」

廉太郎は憤《いきどお》りを露《あらわ》にする。真琴はわけがわからない。

「宮崎祐は、半年前に起きた窃盗《せっとう》事件の犯人なの」

里奈が真琴に寄ってきて説明する。

「そうなんだ」

どうにも雰囲気が重い。真琴は何となく名札の裏を見た。そこには「バケツ」と書かれていた。

「バケツ……？」

5

練習後、旧音楽室を出た真琴は、モヤモヤした気持ちを抱《かか》えたまま中庭までやってきた。中庭のベンチでは快人が横になってデジカメで空を撮影《さつえい》していた。快人はあまりこだわりなく、ただシャッターを切っているようだった。

快人が真琴に気づいた。

「どう？　部員集めは」

「快人くん、宮崎祐って知ってる？」

真琴は近くのベンチに腰《こし》かけた。

「宮崎？」

快人は少し考え「……あー、泥棒《どろぼう》の」と起き上がる。

「うん……」

「教室で何人かの財布から金抜《ぬ》いたって噂《うわさ》。結局バレて、学校にいづらくなったんだろうけど」

そう言って快人が歩いてきて、真琴の隣《となり》に腰を下ろした。ちょ、ちょっと近い気がする。真琴は急にそわそわしてきた。近過ぎて、快人のほうに顔を向けられない。

「俺も噂でしか知らないけどね。そのころ入院してたから」

「入院？　病気？」

近さを忘れて、真琴が振《ふ》り向く。

「……」

快人は答えない。重い病気なのだろうか？　真琴は不安になった。

「なに？」

「イボ痔《じ》」

「聞かなきゃ良かったー」

真琴は天を仰《あお》いでのけぞった。ただ、「もー」と抗議《こうぎ》しつつも、内心、少しほっとしていた。

「宮崎のことなら、野球部の桜庭《さくらば》に聞くといいよ。確か同じ中学出身だから」

快人はそう教えてくれた。

6

快人に案内されて、真琴は野球部の部室に向かった。

バットやボール、ヘルメット、筋トレ用のダンベルなどが雑然と置かれ、練習後の汗《あせ》をたっぷり吸ったであろうタオルが干されている。壁《かべ》には『めざせ甲子園《こうしえん》』と書かれた紙が貼《は》られている。男くさい部屋だ。そこで、桜庭大輔《さくらばだいすけ》は一人で黙々《もくもく》とボールを磨《みが》いていた。

「祐のこと？　何で今さら……」

大輔はあからさまに不機嫌《ふきげん》な顔をした。

「一応合唱部の人だったし、私、事件のこと何も知らないから」

「事件？」

「窃盗《せっとう》事件の」

「祐はそんなことしねぇよ」と、大輔はボソリとつぶやく。

「え、でも、みん……」

「俺《おれ》は！」

大輔は、真琴の話を鋭《するど》くさえぎった。

「俺は……今でも後悔《こうかい》してる。あいつを庇《かば》ってやれなかったこと」

これ以上は言わせない、そんな強烈《きょうれつ》な意志がにじみ出ている。

「とにかく、祐は泥棒《どろぼう》なんてするやつじゃない」

真琴は少しおびえて、肩《かた》をすくめた。

沈黙《ちんもく》が続いた。ふと大輔が一人でボール磨きをしているのが気になった。

「ねぇ、桜庭くん、どうして……」

と、そこに野球部員たちがドカドカ入ってきた。

「うわ、桜庭が女連れ込んでるよ……」

「そんなことしてる暇《ひま》あんなら、部室の整理しとけよ」

ロッカーから水筒《すいとう》を手にして、野球部員たちは部室を出ていった。

「悪い、すぐやるわ」

大輔は笑顔《えがお》で答えていたが、無理して笑っているようにしか見えなかった。

「もう出てってもらえるか」

真琴は何も言えず、部室を出るしかなかった。


野球部の部室を出ると、そこにはまだ快人が待ってくれていた。

「おー、どうだった?」

快人の姿を見て、真琴は次の行動に出ることを決心した。こんなことで、怯《ひる》んでいるわけにはいかない。

「快人くん。宮崎くんの家、知ってる?」

「まぁ、一応」

真琴はにんまりした。

「あ、俺行かないよ？」

真琴から次に出てくる言葉を敏感《びんかん》に察知して、快人がすかさず釘《くぎ》を刺《さ》す。

「かき揚《あ》げ弁当、食べたよねー」

真琴は笑《え》みを崩《くず》さないが、語気には威圧感《いあつかん》を伴《ともな》っている。

「食べた……」

「おいしかったでしょー、じいちゃんのかき揚げ」

「……すごい、おいしかった」

7

夕暮れの住宅街の一角。真琴と快人は一つの家の前で足を止めた。

玄関《げんかん》チャイムのボタンを押《お》すと、インターホンから女性の声が聞こえてきた。

「はい……どちらさまでしょう」

「私、香川真琴っていいます。宮崎くんと同じ、合唱部です」

「あら、合唱部の方……」

宮崎祐の母親と思われる女性は、数秒の間をおいて答えた。

「上がってください。本人は出てくるかどうか、わからないけど……」

祐の母、夕子《ゆうこ》は、二人を祐の部屋の前まで案内した。

「初めまして、香川真琴です」

ドア越《ご》しに声をかけるが、部屋の中からは何の反応もない。真琴は自己紹介《じこしょうかい》を続けた。

「私、香川から来た転校生です。合唱部に入りました。でも今、合唱部が廃部《はいぶ》の危機なんです。部員があと三人必要で、今は五人で何とかがんばってて。でもあと一か月しかなくて……」

ここからが核心《かくしん》だ。

祐に学校に出てきてもらうように、誘《さそ》わなくてはならない。そのためには、不登校の原因となった事件にふれないわけにいかない。真琴は言い淀《よど》んだ。言葉を探して横を向くと、隣《となり》で見守る快人と目が合った。快人は黙《だま》ってうなずく。真琴は再びドアに向き合った。

「……事件のこと、聞きました」

部屋からの反応はない。

「同じクラスの桜庭くんにも、話を聞きました。桜庭くんは『あいつは泥棒《どろぼう》なんかするやつじゃない』って言ってます。『庇《かば》ってやれなかった』って、すごく後悔《こうかい》してるよ」

ドン！

突然《とつぜん》、乱暴な音が響《ひび》いた。祐がドアをたたいたのだ。真琴はビクッとなってドアから離《はな》れ、再び快人と目を合わせる。快人は首を横に振《ふ》った。これ以上は無理だろうという合図だ。

「あの……」

夕子が、申し訳なさそうに立っていた。


「わざわざ来てくれたのに、ごめんなさいね」

夕子は真琴と快人をリビングに通し、お茶とお菓子《かし》を出してくれた。突然の訪問者に驚《おどろ》きながらも、どこかうれしそうに見えた。

「合唱部のお友達が来てくれたのは初めてで……、祐も戸惑《とまど》ってるのかも」

「一度も、誰《だれ》も来てないんですか？　合唱部の誰も？」

目を丸くする真琴を見て、夕子は苦笑いした。

「食事はドア越しの受け渡《わた》しだし、お風呂《ふろ》は私たちが寝《ね》たあと、夜中に入ってるようで顔は見られないんです。けど、たまに声が聞こえるんですよ」

「声？」

「お風呂から、歌ってる声が。あの子、まだ歌いたいんだろうと思うの……」

8

宮崎家を出ると、日はすっかり落ちていた。真琴と快人は並んで歩く。住宅街を抜け、商店街に出るまで真琴は無言で何かを考えていた。

「宮崎くん、……どんな声で歌うんだろ？」

夕子の言った『歌ってる』という言葉が、真琴の耳に残っていた。真琴は快人に尋《たず》ねた。

「本当に泥棒《どろぼう》なんてしたのかな？」

「うーん、本人が何も言わないんじゃ……」

真琴は再び考え込もうとした、そのとき……

カシャッ！　カメラのシャッター音がした。二人は音のしたほうを見る。そこにいたのは、スマホのカメラレンズを娘《むすめ》と同級生に向ける、真琴の母、美奈代の姿だった。

「お母さん！」

買い物袋を提げたまま、美奈代は目を輝《かがや》かせている。

「何、真琴。もしかして彼氏？」

「違《ちが》うから！」

「初めまして、夏目快人っていいます」

快人はさわやかに挨拶《あいさつ》した。母はますます目を輝かせ「よろしくー」とニヤニヤしながら挨拶を返す。まったく……

＊

美奈代から半ば強引に『万歳庵』に招かれた快人は、座敷席《ざしきせき》の一つに真琴と並んで座った。二人の向かいに美奈代が座っている。三人の前にはざるそばが並んでいた。

「いただきます！」と声をそろえて食べ始める三人を、万歳と知世は厨房《ちゅうぼう》からのぞき見ていた。

「……彼氏か？」

「ただのクラスメイトだって」

「ん、そうかそうか！」

知世の言葉に安心した万歳は、厨房の奥《おく》に引っ込んだ。快人はひと口そばをすすると、目を見開き「うん、うま！」と感嘆《かんたん》の声をあげた。

夢中で食べる快人を見て、美奈代は満足そうに微笑《ほほえ》んだ。

「快人くんも合唱部なの？」

「僕は帰宅部です。お母さんもウチの卒業生なんですよね？」

「そう。合唱部」

「お父さんもね」と真琴が口をはさむ。その単語を出したとたん、美奈代は顔をしかめた。それに気づきつつも、真琴は言葉を続ける。

「お父さんを合唱部に誘《さそ》ったの、お母さんなんでしょ」

「まぁね……」

「どうして？」

美奈代は深くため息をついた。

「本当よね……。どうして誘っちゃったんだろ」

何気なく質問したが深刻な話になりそうだ。美奈代は話を続けた。

「あの人、格好《かっこう》ばっかしの陸《おか》ヤンキーだったって話したでしょ」

「うんっ」

「学校では誰《だれ》にも相手にされてなかったんだけど、私、生徒会長だったからさ。身だしなみについてよく注意しに行ってたのよ。何しろ短ラン・ボンタン・剃《そ》りこみだもんね」

「たんらん？」

「ぼんたん？」

若い二人は首をかしげる。

「そういうヤンキーのユニフォームみたいなのがあったの。わざわざ制服改造するのよ。ジャケット短く切ったり、ズボンの布増やしてブカブカにしたり」

「へえー」

「で、そのころお母さん『代官山《だいかんやま》高校』の男子にね、無理に言い寄られてたの。そこにあの人が急に出てきて……」

美奈代は心底うんざりしたという顔をした。

「勝手に代官山高校の生徒を撃退《げきたい》しようとケンカふっかけたの！　でもあっさり返《かえ》り討《う》ちにされてボロボロ。それでも何度も立ち上がって、血まみれになっても私を守ろうとして……。そういうさ、とことん勘違《かんちが》いしてる姿がちょっとかわいくて」

話すうちに、美奈代に笑みが浮《う》かんできた。真琴は身を乗り出す。

「お父さんの話だと百八人相手にしたって言ってたけど、本当？　煩悩《ぼんのう》の数だけたたきのめしてやったって」

「まさか！　ほんの数人よ」

美奈代はやれやれと肩《かた》をすくめる。

「でもお母さん、お父さんの手当てしたんだよね。それは本当でしょ」

「まあ、ね。数はどうあれ、助けてくれたから。そしたらあの人、よけいに張り切っちゃって。『いつまた危険な目に遭《あ》うかわからない、だから俺《おれ》が見守る』なんて、勝手に決めちゃったのよ。中庭で合唱部の練習をしていると、木の陰《かげ》から見守ってるの。うっかり目が合うと私にウインクしてきて……、ああヤダヤダ」

ゾッとするという風に、身を震《ふる》わせる。

「毎日よ？　部活が始まってから終わるまでずーっと」

「それはちょっとね……」

真琴もさすがに同情した。快人も苦笑する。

「気合い入ってますね」

「部員からも『不気味だ』とか『集中できない』とかクレームが噴出《ふんしゅつ》。それでお父さんに『気になるなら合唱部に入って、一緒《いっしょ》にどう？』って」

「そんな理由で誘ったの？」

「……でもね、歌声聞いたら印象変わった。真面目で誠実。まっすぐ声の出る男だった」

「へー」

「一緒に歌うだけでその人の本当の姿が見えるんだもん。合唱っておもしろいなって思ったよ」

「確かに」

親子二人は納得《なっとく》し合っている。親子だからというだけでなく、合唱を好む者にしかわからない感覚があるのだろうと、快人は思った。

9

翌朝、真琴は教室に入るとすぐ、部員全員に集まってもらった。

「あの、窃盗《せっとう》事件のことなんだけど……」

恐《おそ》る恐る切り出す。

「まだ言ってんの？」

美子は眉《まゆ》をひそめた。里奈とアンドリューもため息をつく。廉太郎は顔を強張《こわば》らせていた。

「昨日、宮崎くんに会いに行ってさ」

その名前が響《ひび》いた瞬間《しゅんかん》、合唱部員だけでなく、教室内の生徒たちが一斉《いっせい》に真琴を見た。教室の空気が一変する。

「実際には会えなかったし、話も何も聞けなかったんだけど……」

風香とほのかはガタっと立ち上がり、真琴に近寄って来る。

「香川さん」

風香は真琴をジッと見て、戒《いまし》めるように言う。

「もしかして部員ほしさに宮崎を引き戻《もど》すとか、そういう話？」

「クラスに犯罪者がいるとか有り得ないんだけど！」

ほのかも冷ややかに笑いながら、真琴をにらみつけた。

風香は教室を見まわし、数名の名前を呼ぶ。

「渡辺《わたなべ》さん、橋本《はしもと》さん、佐藤《さとう》くん、山崎《やまざき》くん。……宮崎に学校来てほしい？」

呼ばれた四人は、戸惑《とまど》い目を逸《そ》らしたり、顔をしかめ首を横に振《ふ》ったりした。

「ほらね。全員、宮崎の被害者《ひがいしゃ》」

「犯罪者の肩《かた》持つんだね、合唱部って」

「犯罪者って……」

言い返そうとする真琴をさえぎり、廉太郎が声を張り上げた。

「合唱部だって、宮崎のことは許してないよ！」

突然《とつぜん》の大声に、風香とほのかは大げさにおびえた顔をした。廉太郎は慌《あわ》てて声のトーンを落とす。クラスメイトたちの反応をうかがいながら、教室中に語りかけた。

「安心してほしい、彼が合唱部に復帰することはないから」

真琴は何も言えなくなった。宮崎くんが本当に『犯罪者』なのか、それを解決しない限り、ことは済みそうにないと思えた。


昼休みの中庭、真琴はジッと考え込みながら弁当を食べていた。

「渡辺さん、橋本さん、佐藤くん、山崎くん……」

「全員、文化祭の実行委員」

真琴の独り言に、花を眺《なが》めていた快人が答えた。

「そうなの？」

「そうだよ。俺は文化祭本番が手術の日だったから参加出来なかったけど。イボ痔《じ》の」

「あー、もう言うな！　ご飯中！」

「お、卵焼き？」

快人は物ほしそうに食べかけの卵焼きを見つめた。真琴は傍《かたわ》らに置いた紙袋から、もう一つの弁当箱を渡《わた》す。母と祖父の意地の張り合いで、相変わらず真琴の弁当は二つだ。

「ありがとう！」

弁当の中身は天丼《てんどん》だった。エビが二本も入った充実《じゅうじつ》の内容。万歳の弁当は、今日も快人の腹に収まることになった。快人はパクつきながら、話を続ける。

「だから、その四人は行動を共にしてたんだ。四人とも教室にいない瞬間《しゅんかん》を狙《ねら》って、財布から現金を抜《ぬ》いたってことだろうな。犯人は」

「それって文化祭の準備中？」

「うん、文化祭前の放課後らしいよ」

「放課後……」

真琴は何か引っかかるものを感じた。

10

放課後の旧音楽室で、名探偵・真琴はみんなに自分の推理を披露《ひろう》した。

「放課後なら、宮崎くんは合唱の練習してたはずでしょ。どうやって泥棒《どろぼう》するの？　その日は休んでたとか？」

「祐が部活を休んだことはないよ」

アンドリューの言葉に、真琴は確信を持った。

「ほら、だったら……」

「でも、その日は合唱部の練習自体が無かったの。文化祭の準備期間で全部の部活が休み。だからアリバイは不成立」

美子にあっさり推理を打ち砕《くだ》かれ、迷探偵・真琴はぐうの音も出ない。廉太郎が冷ややかに言う。

「もう宮崎にこだわるのはやめろよ。そんなことより今は部員募集《ぼしゅう》だろ」

「でもー」

食い下がろうとしたとき、珍《めずら》しく有明が現れた。

「あら、みなさんおそろいで」

生徒を一瞥《いちべつ》し部室を横切ろうとする有明に、真琴は駆《か》け寄っていった。

「有明先生、宮崎くんのことなんですけど」

「宮崎？」

「幽霊顧問《ゆうれいこもん》の鈴木有明が、やめた部員のことなんか覚えてるわけないよ」

廉太郎が鼻で笑う。教師への暴言ともとれる言葉。しかし有明はそれを咎《とが》めることもなく、準備室に入っていった。真琴はすぐに有明を追いかけた。

準備室に飛び込むと、有明は何やら棚《たな》を漁《あさ》っている。

「あった。これだ」

一枚の楽譜《がくふ》を真琴に手渡《てわた》す。

「宮崎と言えばコレ。あいつ真面目なのはいいんだけど、歌が下手《へた》くそでさ、よくバケツかぶって、この歌を練習してたよ」

「バケツ？」

「そう、バケツをかぶって歌うと、中で声が反響《はんきょう》するだろ？　自分の声がしっかり聴《き》こえるから音程のズレを修正できるんだ、とか言ってたな」

真琴は祐の名札の裏に『バケツ』の文字があったことを思い出した。

「あ、だから『バケツ』か……」

「そう、よりによって『バケツ』だよ」

有明はちょっと間抜《まぬ》けだが、一生懸命《いっしょうけんめい》だった教え子の姿を思い出し、思わず微笑《ほほえ》んだ。真琴はそれを意外な思いで見た。

「ちゃんと覚えてるんですね」

「あぁ、あの下手くそな歌は耳から離《はな》れねぇよ。部活のあととか部活が休みの日だって、懲《こ》りずに毎日、自主練してたんだから」

「え、部活が休みの日も？」

「そう、毎日だ」

「文化祭の前とかでも？」

「そうだよ、しつこいな。ここで聴いてたから間違《まちが》いない」

さっき美子は、事件があった日は文化祭の準備期間で部活が休みだと言っていた。だが、その日も宮崎は……

「ってことは、事件の日も……」

復活した名探偵・真琴が、ボソリとつぶやいた。

「特にその歌。あいつ熱心に練習してたなぁ」

有明は真琴の手にある楽譜を指さした。

「ま、結局は大会前に退部したから歌わずじまいだったろうけど」

文化祭。放課後の練習。人一倍の努力。真琴の中で、すべてが符合した。

「ありがとうございます!」

「うん」とうなずきながら、有明はすでにキャバクラ情報誌《じょうほうし》を開いている。真琴は楽譜を手に、準備室を飛び出していった。

11

真琴は再び宮崎家を訪れた。母親の夕子は二日続けての訪問に驚《おどろ》きながらも、快く招き入れてくれた。

祐の部屋の前に通された真琴は、ドアの下の隙間《すきま》から楽譜《がくふ》を差し入れた。有明から渡《わた》された、祐が熱心に練習していたという曲だ。

反応はない。

しかし真琴はドアの向こうに話しかける。

「宮崎くん、歌、好きなんですよね。学校で話聞きました。毎日練習してたって。事件があったその日も、きっと部室で練習してたんじゃないかなー。そうだとしたら、泥棒《どろぼう》なんて出来ないはずで……」

ドアを見つめる。

「宮崎くん、どうして何も言わないの？」

なおも反応はない。

人の気配も感じない。部屋の中は空じゃないかとすら思える。そんな不安を打ち消し、真琴は声をかけ続けた。

「私は、宮崎くんの声が聞きたい！　もし何か言いたいことがあるなら、私は宮崎くんの声が聞きたい」

真琴はジッと待つ。少し離《はな》れて、夕子が状況《じょうきょう》を見守っている。

しかし……、物音ひとつ聞こえてこない。

どのくらい時間がたっただろうか、真琴はついに踵《きびす》を返し、この場を立ち去ろうとした……

「僕《ぼく》はやってない！」

突然《とつぜん》、ドアの向こうから言葉が発せられた。それは言葉というより、叫《さけ》びだった。初めて聞く祐の声。真琴は急いでドアに向き直る。

声は続いている。

「でも、僕の声なんて、誰《だれ》も聞いてくれなかった……」

「ちゃんと聞くよ！」

返事はないが、ドア越《ご》しに人の気配を感じた。宮崎くんはここにいる。声が届いている。

「私は、宮崎くんを信じるから！」

12

「え、あいつ喋《しゃべ》ったの？」

中庭に転がっていたボールをリフティングしていた快人は、驚《おどろ》いて動きを止める。真琴は転がってきたボールを足で止めた。

「うん。宮崎くん、泥棒《どろぼう》してないって言ったよ。毎日部室で練習してたんだって。練習が休みの日も、事件が起きた日も。有明先生も言ってた。毎日宮崎くんの歌を聴《き》いてたって」

快人にボールを蹴《け》る。

「でも、それをどうやって証明するんだよ……何か。策は？」

快人はボールを蹴り返した。

「策はない！」

元気に言い切る。快人は苦笑した。

「宮崎本人が無実を訴《うった》えても、信じてもらえるかな？」

「うーん……」

「もっと何か決定的な証拠とか、決定的な証言とかがあればな……」

「うーん、有明先生の話だけじゃ、みんな信じてくれないかな？」

「みんなには難しいだろうな」

真琴はベンチに座った。すると木の陰《かげ》に立って、里奈がこっちを見ているのに気づいた。二人の話を聞いていたらしい。

「里奈？」

真琴は声をかけた。「よ！」と里奈が近づいてくる。

「宮崎のことなんだけどさ、……本当に、宮崎はやってないの？」

「うん、アリバイってやつ？　宮崎くんはその日、旧音楽室で合唱の練習してたんだ」

里奈は口をつぐんだが、何か言いたげでもあった。いつもの里奈らしくない。少し目が泳いでいるような気もする。

「なんだよ」

たまらず快人が尋《たず》ねると、おずおずと里奈は口を開いた。

「あいつが泥棒したって噂《うわさ》流したの、私なんだ」

真琴と快人は驚き、顔を見合わせた。

「正確には私と、風香と、ほのか。財布からお金が無くなったってクラスで騒《さわ》ぎになって、犯人探しが過熱して。そんなときに『犯人を見た』って言い出したんだよ……」

「誰《だれ》が？」

「優里亞が」

快人はハッと目を見開いた。真琴はそれに気づかず、里奈の話に耳を傾《かたむ》けた。

「教室で盗難《とうなん》事件の噂してたら、優里亞がそっと宮崎を指さしたんだ。それで、ウチらに耳打ちしたの。『宮崎くんがお金抜《ぬ》き出すところ、見ちゃった』って。びっくりしたよ。だってあいつ、おとなしくて、そんなことするように見えないし。でも確信はなかったけど、優里亞が嘘《うそ》つく理由もないし……。それで何人かにその話をしちゃって、そしたら噂はあっという間に広まっていって……」

悪いイメージほど一度頭にこびりついたら消えないものだ。

「……宮崎を見るみんなの目は冷たくなっていった」

宮崎祐が泥棒というイメージは、完全に刷《す》り込まれてしまった。たとえそれが捏造《ねつぞう》された情報であっても。

「噂は先生たちにも広まって、宮崎は瀬山から指導室に呼び出された。でも証拠が無いのと本人が否定したのとで、処罰《しょばつ》を受けることは無かった。それでも噂は消えなくて、みんな宮崎を白い目で見て……」

「クラスみんな？　合唱部も？」

真琴の質問に、里奈はコクンとうなずいた。

「あの空気の中じゃ、仕方なかったと思う。でも、宮崎が本当は無実なら……」

里奈は息を飲んだ。

「ひどいことしたよね、私」

仕方なかった……という自己弁護の気持ちを、後悔《こうかい》と恐怖《きょうふ》の波が、どんどん押《お》し流していく。自分は宮崎が泥棒をする現場を見たわけではない。それなのに、宮崎を犯罪者扱《あつか》いしてしまった。宮崎や、宮崎の家族は、きっと自分のことを恨《うら》み、憎《にく》むだろう。罵声《ばせい》を浴びせられるかもしれない、殴《なぐ》られるかもしれない。

きっと、許してくれないに違《ちが》いない……

真琴は、うつむく里奈の真正面に立った。

「今日、宮崎くんち一緒《いっしょ》に行こう」

「?」

まるで「カフェに行こう」とでも言うかのように、明るく、それでも強く、真琴は里奈に言い切った。その声は、里奈の奥にある臆病《おくびょう》な気持ちを、少しだけ振《ふ》り払《はら》う。

そんな簡単なことじゃないよ……、でも、もし私がひどいことをしたなら、謝《あやま》らなきゃいけないよね。たとえ許してもらえなくても。真琴となら、その勇気が少しだけ持てる……

「……うん」

里奈は小さくうなずいた。真琴は快人にも顔を向けた。

「快人くんも、一緒に行かない？」

「え？」

里奈の話の途中から、快人は快人で何かを思案していた。それは考えたくないような、快人にとって、とても嫌《いや》なことだったが……

「わかった。でも俺《おれ》はあとで合流する。行くとこあるから」

快人は一人で校舎に戻《もど》っていった。

13

オープンカフェの通りに面した席に、優里亞と快人が並んでいた。それぞれの前にきれいなパステルカラーのドリンクが置かれている。

「どうしたの？　久しぶりじゃない、二人っきりでお茶とか」

優里亞は無邪気《むじゃき》に笑う。

「やっぱ落ち着くなー、快人といると」

一方の快人は真剣《しんけん》な表情で、なかなか口を開かない。

「もしかして返事してくれる気になった？」

優里亞は快人の顔をのぞき込む。優里亞は以前、快人に告白していた。

「私とは付き合えない？」

「ごめん。俺《おれ》は誰《だれ》とも付き合う気ないから」

返事は変わっていなかった。優里亞は小さく息をつき、拗《す》ねたように横を向く。

「なあ、優里亞」

「なーに？」

ストローを軽くつまみ、小首をかしげる。

「宮崎の事件だけど」

優里亞の表情が一瞬《いっしゅん》変わった。だがすぐに、天使の微笑《ほほえ》みを取り戻《もど》す。

「香川さんと、探偵《たんてい》ごっこ？　仲いいね」

「お前見たんだって？　アイツが財布の金抜《ぬ》くとこ」

「うん、あれは衝撃的《しょうげきてき》だったよ。私、教科書置きっぱなしにしちゃっててさ、放課後取りに戻ったの。そしたら教室で……」

「本当か？」

優里亞は無言でグラスの中の氷をつつく。

「確かに見たんだな？」

「……信じてくれないんだ……」

「だって、宮崎本人は否定してる」

「私が！」

急に声を荒《あ》らげた優里亞だが、すぐに悲しげに目を伏《ふ》せた。

「私が嘘《うそ》つく理由なんてある？　私、宮崎祐と何の関係も無いんだよ。彼を犯人にして私が何か得する？」

そのとおりだった。だが、里奈の話を聞いたときから、快人は優里亞の関わりを直感していた。祐をおとしめることで優里亞にどんなメリットがあるのかは、見当もつかなかったが……。

「傷つくよね。他の誰に信じてもらえなくてもいいけど、快人にだけは信じてほしいのに」

優里亞の目に涙《なみだ》が浮《う》かぶ。

「あ、ゴメン」

快人が慌《あわ》ててハンカチを渡《わた》す。優里亞は差し出された彼の手を両手で包みこんだ。そして潤《うる》んだ瞳《ひとみ》で快人を見つめる。

「信じて？」

快人の顔には困惑《こんわく》の色が浮かんでいた。

14

放課後、真琴と一緒《いっしょ》に宮崎家を訪れた里奈は、祐の部屋のドア越《ご》しに、すべての事情を話した。

自分が噂《うわさ》を流したこと、優里亞が現場を見たと言ったこと、でも今は祐の無実を信じていること、そして、祐に学校へ、合唱部へ戻《もど》ってきてほしいと思っていることを……

里奈は、見えない祐に、部屋のドアの前で頭を下げた。

「宮崎、ごめん！」

「もうどうでもいい！」

バン！　と激しい音がした。テーブルか何かをたたいたのだろう。

「味方のいない教室に僕《ぼく》の居場所なんかない。もう戻りたくない！」

ドア越しに聞こえる祐の声は震《ふる》えていた。

教室へ戻りたくない気持ちは、真琴にも想像できた。小豆島に転校したばかりのころ、真琴はイジメられていた。友達はいない、まわりは誰《だれ》も声をかけてくれない、みんなが敵《てき》。そんな状況《じょうきょう》で学校に通うのは、とても辛《つら》いことだった。あのイジメがもう少し続けば、真琴も耐《た》え切れずに不登校になっていただろう。

……それを、有明と合唱が救ってくれた。真琴の居場所を——大げさな言葉でいえば、真琴の存在価値を——つくってくれた。

祐にも、居場所をつくってあげたい。真琴は心からそう思った。

「合唱はもういいの？」

「合唱部のみんなだって僕を信じてくれなかった！」

祐が絞《しぼ》り出した声には怒《いか》りと涙《なみだ》がまじっていた。

「私は信じる」

真琴が強く言い切る。しかし返事はない。

やがて……、弱々しい声が漏《も》れてきた。

「谷優里亞が僕を犯人だって言ったんなら、もう覆《くつがえ》らないでしょ……」

優里亞が目撃《もくげき》し、里奈たちが噂《うわさ》を広めたことを、祐は今日、初めて知った。だが、今さらそれを知って何になる？

「誤解だろうが何だろうが、みんなの目には僕が犯罪者に見えたんだ。僕はもともと、存在感も無くて、みんなの注目を浴びることなんて無かった。別に、それで良かったのに……」

祐の声に自虐《じぎゃく》がまじる。

「なのにあの日突然《とつぜん》、クラス全員に白い目で見られた。教室にいるだけで迷惑《めいわく》な存在になったんだ。合唱部にとってもね。二軍だって圏外《けんがい》だって、合唱部のみんながいる場所が、僕の唯一《ゆいいつ》の居場所だったのに……」

里奈は言葉を探した。

「そんなことないよ」とか、「悪気はなかった」とか……、でも全部、自己弁護のための苦しい言い訳に過ぎない。祐を救う言葉にならないことは想像できた。

自分がここにいること自体、祐を苦しめるのかもしれない。あの場にいなかった真琴さえ拒絶する祐に、これ以上何を言っても彼の殻《から》を堅《かた》くするだけだと思った。

「真琴、行こう」

里奈は真琴の腕《うで》を引いた。しかし真琴はなおも祐に呼びかける。

「バケツの話、有明先生から聞いた。バケツで練習なんて初めて知ったよ。そんな練習、本気じゃなきゃ出来ないって思った」

そして、一番伝えたいことを伝える。

「一緒に歌いたいって思ったよ」

――やはり、沈黙《ちんもく》が流れるだけだった。

真琴は里奈と視線を交わしうなずき合うと、この場を立ち去った。今日は帰ろう。

15

祐の居場所をつくってあげたい。祐の部屋のドアを開くのに必要なのは、かつての仲間たちからの信頼《しんらい》だ。

そう確信した真琴は里奈とともに、翌日、合唱部の面々にこれまでの経緯《けいい》を説明した。

「じゃあ、宮崎は濡《ぬ》れ衣《ぎぬ》だったってこと？」

廉太郎の問いに「おそらく」と里奈が答える。真琴は一歩前に出て訴《うった》えた。

「だから、今日はみんなで宮崎くんの家に行かない？　ちゃんと謝《あやま》って、合唱部に戻《もど》ってきてもらおう」

「いや、宮崎のことはあきらめる」

不思議なほどいとも簡単に、廉太郎は結論を出した。

「だから宮崎くんは無実なんだって……」

「もう手遅《ておく》れなんだよ！」

廉太郎は真琴をさえぎり、強い口調で語る。

「今さら俺《おれ》たちが騒《さわ》いだところで、宮崎の評判は覆《くつがえ》らない。一人にこだわって合唱部の評判が落ちたらどうする？」

合唱部の存続だけを考えれば、そのとおりかもしれない。しかし祐の生《なま》の声を聞いた真琴にとって、廉太郎の言葉は冷た過ぎると感じた。

「ちょっと待ってよ！」

「歌えなくなるんだぞ！」

廉太郎の追いつめられたような真剣《しんけん》な表情に、真琴は一瞬《いっしゅん》、言葉を飲み込む。

「後悔《こうかい》してるんだ、一度合唱をあきらめようとしたこと。……でも君のおかげで合唱部は生き延びた。今はただ、この合唱部を守りたいんだよ」

美子とアンドリューは黙《だま》り込んだままだが、真琴とは目を合わさない。廉太郎と同じ考えなのかもしれない。

歌う場所を失くしたくないという思いは、真琴もみんなと一緒《いっしょ》だった。それでも真琴は……、許せなかった。

「私は、今のままの合唱部なら歌えなくていい」

部員一人一人の顔を見る。ゆっくりと通学カバンを肩《かた》にかける。

「仲間を裏切ったままで、いい合唱になんてなるはずないから」

ドアを閉めて、真琴は旧音楽室を出ていった。遠ざかっていく真琴の足音が、音を無くした旧音楽室に響《ひび》いた。その音は、奥《おく》の準備室で一部始終《いちぶしじゅう》を聞いていた有明の耳にまで届いていた。

旧音楽室をあとにした真琴は、中庭に一人で佇《たたず》んでいた。気持ちは収まらない。一人を見捨てて、仲間を見捨てて成り立つ合唱なんて、真琴には考えられなかった。

そんな真琴に、呑気《のんき》な声がかかった。

「あっ、マドンナと、陸《おか》ヤンキー」

「ほぉ？」

思わず妙《みょう》な声が出た。驚《おどろ》き顔を上げると、大曽根《おおそね》校長が真琴を指さしている。大曽根はいたずらっぽく微笑《ほほえ》んでいた。全校集会での威厳《いげん》のある雰囲気《ふんいき》とは、まるで別人だ。

「こ、校長先生？」

「香川さん、あなたマドンナと陸ヤンキーの娘《むすめ》さんでしょ」

「どうしてそれを？」

「二人とも私の教え子だもん！」

大曽根が自慢《じまん》げに語る。

「え、校長先生が、担任だったんですか？」

「ううん、合唱の教え子。私、合唱部の顧問《こもん》だったのよ」

大曽根は真琴の横に座ると、空を見上げうっとりとした表情をした。

「この前の発表会、いい合唱だったわ」

「ありがとうございます！　あ、……でも、今はちょっと、歌う気分じゃないんです……」

「あら、もったいない」

「ある部員を引き戻《もど》したいんですけど、みんなの反対にあっちゃって……」

うつむきかけた真琴は、顔を上げ自分に言いきかせるように言葉を続けた。

「私は、誰《だれ》にでも歌う資格はあると思ってます。合唱はレギュラーも補欠も無くって、みんなで歌うもの。だから合唱が好きなのに」

大曽根はこらえきれず吹《ふ》き出した。

「ほんとにソックリなのねー」とケラケラ笑う。

真琴は口を開けてポカンとした。真剣《しんけん》に話してるのに、何で？

ようやく笑いを収めた校長が語ったのは、父と母の意外なことだった。

「マドンナが陸ヤンキーを合唱部に引き入れようとしたとき、他の部員全員が反対したのよ。あなたのお母さんは、その反対を押《お》し切ってお父さんを引き入れたの」

「そうだったんだ……」

真琴の表情からも、笑みがこぼれる。

「いい声だったわー。歌ってみなきゃわかんないもんね」

母も同じようなことを言っていた。校長は姿勢を正し、真琴と目を合わせて言った。

「何があったかわからないけど、あなたの気持ちは正しいわ。そう、誰にでも歌う資格はあるのよ」

「はい」

「あなたのこと応援《おうえん》してる。またいつか、いい合唱聴《き》かせてね」

大曽根はそう言って立ち去っていった。そのピンと伸《の》びた背筋を見て、落ち込んでいた真琴が、引き締《し》まった表情に変わった。心の中で、ある決意を固めていた。


一方、部室では、廉太郎、美子、アンドリュー、里奈が、それぞれ考え込んでいた。

沈黙《ちんもく》を破ったのはガタガタと準備室の戸が開く音だった。プラスチックケースを抱えた有明が出てくる。ケースの中には大量の紙の束《たば》が入っていた。

「これ捨てといてくれるか？　これまでに合唱部が歌ってきた楽譜《がくふ》」

有明は廉太郎の前にケースを置いた。廉太郎は顔をしかめる。天草に言ったとおり、ここを引き払《はら》うつもりだろうが、厄介《やっかい》なことが起きているときに、さらに厄介なことを頼《たの》むのやめてほしい。

「宮崎のこと、あきらめるんだって？」

軽い調子で言われると、よけいに腹が立つ。廉太郎は有明を無視した。すると有明はパチンと指を弾《はじ》き、廉太郎を指さした。

「いいねぇ、部長。ときに上に立つ者は、下々の声に耳をふさぐ必要がある」

言い方が癪《しゃく》に障《さわ》り、つい言い返してしまう。

「僕《ぼく》は合唱部全体のことを考えたまでです。全体のために、宮崎をあきらめたんです。何も考えてないあんたとは違《ちが》う」

「同じだよ。俺《おれ》も昔、同じ選択《せんたく》をしたことがある」

「え？」

廉太郎の脳裏《のうり》には、有明が引き起こしたある事件が浮《う》かんだ。合唱部を危機に追い込む原因の一つとなった出来事。だが、その有明と自分が同じだなんて納得《なっとく》いかなかった。

「……仕方ないよなぁ？」

「何の話ですか？」

「香川は宮崎をあきらめきれないらしい。アイツはバカだな。間違ってる」

おどけてみせるのが、いちいち癪に障る。

「じゃ、楽譜の処分、頼んだぞ」

部室を出ていく有明には返事をせず、廉太郎は合唱部の歴史がつまった楽譜を見下ろした。

17

玄関《げんかん》チャイムを鳴らし、しばらくの間があったあと、祐の母、夕子が出てきた。

「ごめんなさい……」

辛《つら》そうに頭を下げる。

「『帰ってほしい』って、『そう伝えてくれ』って。だから、ごめんなさい……」

玄関の扉《とびら》は閉められた。家に入るのを拒《こば》まれてしまっては、祐に声をかけることもできない。

真琴は帰ろうとした。しかし四歩、五歩と進んだところで思いとどまり、もう一度振《ふ》り向く。視線の先に、二階の祐の部屋の窓があった。カーテンが閉められ、中をうかがうことはできない。

しかし窓の向こうに、一人きりの祐がいるはずだ。初めのころの人の気配も感じない部屋ではない。あそこに祐はいる。

真琴はその場でジャンプを始めた。

「1、2、3……」

何度も跳《と》び上がり、頭を空にする。

母がポツリと言った言葉が浮《う》かんできた。

――一緒《いっしょ》に歌うだけで、その人の本当の姿が見えるんだもん。合唱っておもしろいなって。

大曽根校長の言葉も聞こえてくる。

――あなたの気持ちは正しいわ。そう、誰《だれ》にでも歌う資格はあるのよ。

そして、初めて聞いた祐の声……


「……9、10」

10秒ジャンプを終えると、真琴はカバンから楽譜《がくふ》を取り出し、ジッと見つめた。有明が渡《わた》してくれた楽譜。祐が熱心に練習していたという歌『翼《つばさ》をください』の楽譜だ。『翼をください』は、広い年代に親しまれている名曲。合唱曲として歌われることも多く、祐もコンクールに向けて練習していた。

♪　いま私の願いごとが
　かなうならば　翼がほしい

真琴は一人で歌い始めた。

祐の部屋に、その歌声が聞こえてくる。部屋の床は積み重なる雑誌《ざっし》や紙くずで埋《う》まり、パソコンモニターだけが光っている、薄暗《うすぐら》い空間。

ベッドから起き上がり、閉め切ったカーテンをほんの少しだけ開け、祐は窓の外を見た。そこには一人で歌う女子生徒の姿があった。初めて顔を見たが、あれが転校生の香川真琴だということはわかった。祐はカーテンを閉め、ベッドに潜《もぐ》り込んだ。

『翼をください』なんて、今、一番聞きたくない歌だ……

美しい旋律《せんりつ》と希望にあふれた歌詞が大好きだった。合唱部の仲間とハーモニーを奏《かな》でるため、必死に練習した。

だけど、すべて断ち切られた。僕《ぼく》の願いごとがかなうことはない。そう思い知った。


宮崎家に近づく四人がいた。

里奈、美子、アンドリュー、そして廉太郎。

四人は足を止め、一人で歌う真琴を見つめる。

里奈が釣《つ》られるように『翼をください』を口ずさみ、そのまま真琴の横に並ぶ。真琴と声を合わせた。真琴は里奈のほうを少し見て、微笑《ほほえ》みながら歌を続ける。

♪　この背中に　鳥のように
　白い翼つけて下さい

美子が、アンドリューが、次々と駆《か》け寄ってきた。真琴たちの横に並んで歌う。声が重なり、ハーモニーに厚みが出てきた。

♪　この大空に　翼をひろげ
　飛んで行きたいよ
　悲しみのない　自由な空へ
　翼はためかせ　行きたい

祐の耳にも、そのハーモニーが届く。息苦しくてベッドから出て、さっきより大きくカーテンを開けた。家の前で歌う真琴、里奈、美子、アンドリューが見える。

その奥に廉太郎の姿もあった。

地上の五人の目にも、祐の姿が映った。ひとり口をつぐんでいた廉太郎も、祐の姿を見つめるうち自然に歌い始めた。

♪　いま富とか名誉《めいよ》ならば
いらないけど　翼がほしい
子供の時　夢見たこと
今も同じ　夢に見ている

祐の姿は部屋の奥《おく》へ消え、再び見えなくなってしまった。それでも五人の合唱は続いた。

部屋の隅《すみ》で祐はしゃがみ込み、グシャグシャに丸まっていた紙を拾い上げた。そっと紙を広げる。それは捨て切れなかった『翼をください』の楽譜だった。

「……ゆめ……に……みている……」

合唱の歌声に合わせて小さく口ずさむ。

次の瞬間《しゅんかん》、涙《なみだ》があふれてきた。

どうして、どうしてこんなことになってしまったのか。自分だけ、どうして。大好きな合唱がすぐそこにあるのに、自分だけは加わることもできず、こんな薄暗い部屋で泣いている。

どうしようもなかった。誰からも後ろ指をさされ、陰口《かげぐち》をたたかれ、信じていた仲間たちも自分を受け入れてくれなかった。自分は、何も悪いことはしていないのに。

歌声は聞こえ続けている。

髪《かみ》が伸《の》びきってボサボサの頭。薄汚れたシャツ。風呂《ふろ》にもきちんと入らず、嫌《いや》なにおいもする。今さら戻《もど》れない。その事実がさらに自分を苦しめる。もう本当に、僕はあの歌の中に戻れないのか……

♪　この大空に　翼をひろげ
　飛んで行きたいよ
　悲しみのない　自由な空へ
　翼はためかせ……

「……行きたい」

合唱は終わった。五人は祈《いの》る思いで祐の反応を待った。長い間、待っていた。しかし、窓から祐が姿を現すことはなかった。

「……行こうか」

真琴がつぶやく。里奈たちもうなずき歩き出す。しかし廉太郎はすぐ足を止めた。

このまま帰ってしまっていいのか？

本人が出てこないんだから仕方ない。部長としてやるべきことをやった。

本当にそうだろうか？　葛藤《かっとう》する廉太郎の胸に、真琴の言葉がよみがえってくる。

——仲間を裏切ったままで、いい合唱になんてなるはずないから。

あの事件のとき、廉太郎は祐に裏切られた気持ちだった。

でもなぜ、一方的な噂《うわさ》を信じてしまったのだろう。本当は事件の真偽《しんぎ》なんてどうでもよくて、ただ面倒《めんどう》なことに巻き込まれたくなかっただけじゃないか。そのため友だちを切り捨てた……、

裏切ったのは自分のほうだった。

そうだ、祐に対して「一緒に歌おう」という前に、言うべきことがある。

廉太郎は祐の家に向き直り、窓を見上げてその言葉を叫《さけ》んだ。

「祐！　……信じてやれなくて、ごめん。ごめんな」

真琴たちが振り返る。しばらくして、廉太郎はようやく見上げていた目を伏《ふ》せた。いつの間にか真琴たちが横に並んでいた。五人は再び窓を見上げる。


ガチャリ。

大きな音がして玄関のドアが開いた。よれよれのシャツとグレーのスウェットを着て、裸足《はだし》にサンダルをつっかけている。肩《かた》まで伸びきった髪はボサボサで、長い前髪が顔を半分隠《かく》していた。

祐だった。

真琴にとって初めて見る宮崎祐の姿。他の部員たちにとって久しぶりに見る祐の姿は、記憶にある制服姿とはまったく違《ちが》っていた。

しかし大きな黒い瞳《ひとみ》と、繊細《せんさい》さを感じさせる中性的な顔立ちはそのままだ。


「……やっぱり僕、また歌う」

「うん」

真琴は静かにうなずく。

「宮崎……ごめん」

美子が頭を下げる。里奈、アンドリュー、そして廉太郎もそれに続く。

「ごめん」「ごめんなさい」「ごめん」

そのひと言しか思いつかない。ただ心から謝《あやま》りたいと思った。

祐は首を大きく横に振り、五人に歩み寄った。

「……僕も、サボってて、ごめん」

その声は穏《おだ》やかだ。玄関の陰で見守っていた夕子が、こらえきれず涙をこぼした。

「じゃあ、また明日」

真琴が微笑むと、祐は黙《だま》ってうなずいた。今日の祐には、明日がある。

18

翌朝、表参道高校の校門前で、ふと立ち止まる足があった。それは髪《かみ》を切り、制服を着た宮崎祐だった。引きこもる前と同じ姿だ。

校門の前に立つと、恐《おそ》れていたあのころの感覚に引き戻《もど》される。周囲の視線を気にしながら、それでもなんとか校門をくぐる。

「……あれ、宮崎じゃね？」

「え、なんで来てんの？」

心配していたとおり、祐を蔑《さげす》む言葉と嘲笑《ちょうしょう》が広がり、異質なものを見る冷たい視線が刺《さ》さる。

祐の呼吸は荒《あら》くなっていった。やっぱりダメだ！　引き返そうと振《ふ》り返ったとき……

「宮崎！」

合唱部の面々が並んでいた。

「おはよう！」「おいっす」

みんなが屈託《くったく》なく挨拶《あいさつ》する。祐はなんとか小さな声で挨拶した。

「……おはよう」

「髪、サッパリしたな」

廉太郎が笑う。

「なかなかのイケメン」

そう美子にほめられ、祐は少し照れた。

「お前もなんか言えよ」

「ええっと……」

廉太郎に小突《こづ》かれた里奈は、一瞬《いっしゅん》の間、考えをめぐらせた。今の私に出来ることはなんだろう。

里奈はフーと大きく息をつくと、祐に近寄っていった。そして肩《かた》を組み、グイッと引き寄せ前を向かせる。

祐と一緒《いっしょ》に歩く。それが出来ること、そしてやりたいことだ。


「よし、行こ！」

「え？」

祐が驚《おどろ》いていると、真琴がもう片方の肩をつかみ引き寄せた。その真琴の横に、美子とアンドリューが並び肩を組む。さらに廉太郎が里奈と肩を組んだ。

六人は肩を組み合ったまま、校門をくぐる。戸惑《とまど》っていた祐も、両隣《りょうどなり》の里奈と真琴の肩に手を伸ばした。

がっちりとスクラムを組んだ六人は、晴れやかに校舎への道を歩いていった。

第3曲　TOMORROW

1

ホームルームが終了した、と同時に、机にうつぶせになって寝《ね》ていた真琴《まこと》は、ガバッと起きあがった。

「よし、合唱！」

そう、ここからが真琴の時間だ。

英語だったり、数学だったり、高校二年生の真琴にはさまざまな嵐《あらし》が吹《ふ》き込んでくる。だが、真琴はそれを微風《びふう》のようにサラリと受け流していた。睡眠《すいみん》をとったり、合唱のことを考えたりして……。もちろん真琴だって、それがいけないこととは承知している。

でも、とにかく今は、エネルギーの１００％すべてを合唱に使いたいのだ。

ところが……

「あ、香川《かがわ》さん！　桜庭《さくらば》くん！　二人はちょっと残って」

勢いよく教室を出ていこうとするところを、担任の瀬山《せやま》に呼び止められた。

なんだろう、嫌《いや》な予感がする。

真琴と一緒《いっしょ》に呼び止められたのは野球部の桜庭大輔《さくらばだいすけ》。二人の間にはある共通点があった。真琴にはそれが一瞬《いっしゅん》で思い浮《う》かんでしまったのだ。その共通点とは、大輔もまた、英語や数学の嵐を受け流している同士だということ。もっとも大輔の場合、主に早弁《はやべん》という手段を使うのだが……。

　授業中の大輔は、常に机の前のほうに教科書を開いて立てている。そして教科書の後ろには、教壇《きょうだん》から死角になる絶妙《ぜつみょう》な角度で弁当箱が置かれている。

　弁当だけではない。二時間目あたりで弁当を完食し、三時間目からは購買部《こうばいぶ》で買ったパンが登場する。いったい彼は一日何回食事をとるのだろう、野球部ってそんなにカロリーを消費するんだろうか……、真琴はいつも疑問に思っていた。

　そんな大輔と自分が、一緒に呼ばれたのだ。嫌な予感しかしない。

「はい、どうぞ」

　そんな二人に、瀬山は数枚の紙を手渡《てわた》してきた。テストの答案用紙だった。

　赤い、赤い、これも赤い。いや、色の話ではない。

　真琴の手の中の答案用紙には、10とか21とかいった低めの二桁《ふたけた》の数字が並んでいた。落第点、すなわち『赤点』だ。

　思わず隣《となり》を見ると、大輔が苦い表情で答案用紙を見つめている。そこには、やはり『赤点』らしき数字が見えた。

「これ、こないだの中間テスト。追試パスするまでは部活禁止だからね！」

「部活禁止？」

「そう、そういう規則」

瀬山はそう言い残して教室を出ていった。

「やっちまったー！」と大輔が崩《くず》れ落ちる。

「知らなかったー！」と真琴も同時に崩れ落ちた。

まさか、こんなことになるなんて。合唱のために、英語や数学の嵐をさけてきたのに、まさか、それが原因で合唱を奪《うば》われるなんて。

皮肉な結果だ。今、真琴は嵐の真っ只中《ただなか》にいた。

「香川って、バカだったんだな」

嵐の外から、快人《かいと》の声が聞こえる。

「バカって……」

む、無念だ。だが、この嵐から脱出するには、自分の力では絶対無理。誰《だれ》かの助けを借りなければ……。そう考えた真琴は、教室を出ようとする快人をダッシュで追いかけ、すがりついた。

「快人くん、勉強教えて!!」

「俺《おれ》にも、俺にも頼《たの》む!!」

やはり同士。大輔も追ってきて、快人にすがりつく。大柄《おおがら》で筋肉質な大輔がスマートな快人にすがりつくと、なかなかの迫力だ。快人はちょっと引いているかもしれない。でも、今はそんなことを気にする余裕《よゆう》はない。

「お願い、快人くん!」

「悪い。今日用事あるし、それに俺より勉強できるヤツらいるだろ。ホラそこ」

快人の指さした先で、廉太郎《れんたろう》、里奈《りな》、祐《たすく》、美子《みこ》、アンドリューの五人が逃げるように去っていこうとしている。合唱部の面々だ。そうだ、彼らは赤点なんか取っていない。

「お願い、教えて!」

真琴は追いすがる。

「ぶっちゃけ、バカに付き合ってる暇《ひま》は……」と美子が返す。合唱部では、一番勉強ができるのが廉太郎、次が美子といったところだ。

「そんなー、私も部活したいの!」

真琴には、すがるしかなかった。どうか嵐にもまれる仲間を見捨てないで……

「わかったよ。とりあえず勉強は教えるから、全力で追試に備えてくれよ」と廉太郎があきれた表情で言った。

「ほんと？　ありがとう！　さすが部長！」

お礼を言うと、さっそく真琴は合唱部の一団に加わった。祐が、大輔にも声をかけた。

「お前も来るか？」

「スマン、助かる」

祐と大輔は同じ中学校出身で、そのころからの友人だった。やっと毎日学校に来るようになって、合唱部にも以前のようになじんできた祐。彼の言葉に他のメンバーも異論はない。

「さあ、そうと決まれば勉強だ。ほらみんな行くぜ！」

「マコトー、なんで、あんたがノリノリなのよ」

里奈があきれる。合唱部員たちと大輔は、楽しそうに部室へ向かっていった。後ろで快人が「いってらー」と手を振《ふ》ってくれている。

そんな様子を、優里亞《ゆりあ》は教室の席に座ったまま見ていた。そばにはいつものように、風香《ふうか》、ほのかを従えている。

「ウザ。圏外《けんがい》が調子乗んなだし」

「てか香川だよ、香川。一軍の快人になれなれし過ぎ。ね？」

二人が同調を求めて、優里亞につぶやく。

一軍の二人にとって、圏外の合唱部は、教室でおとなしくしているべき存在なのだ。なのに香川真琴が転校してきてからというもの、合唱部には何か存在感のようなものがある。かつては一軍のメンバーだった引田《ひきた》里奈まで、合唱部に加わってしまった。それらが二人を苛立《いらだ》たせるのだ。

二人の言葉を聞いて、優里亞は言った。

「そう？　別にいいんじゃない？　楽しそうで」

「さすが余裕《よゆう》だね、優里亞は」

「うちらとは違《ちが》うわ」

優里亞の表情には、笑《え》みが浮かんでいた。微笑《ほほえ》みではない。不敵《ふてき》な笑みだった。

2

カッ、カッ、カッ、カッ……、黒板に小気味よいリズムが刻《きざ》まれていく。

「で、薩摩《さつま》と長州《ちょうしゅう》が結んだ政治的同盟が『薩長同盟《さっちょうどうめい》』」

真琴と大輔の赤点組は、旧音楽室で仲良く机を並べて、廉太郎の歴史の講義を受けていた。合唱部の他の部員たちは遠巻きにその様子を眺《なが》めている。

「ちなみに聞くけど、薩長同盟の間を取り持ったのが誰《だれ》かはわかるよね？」

廉太郎の視線が真琴に注がれる。真琴はすっと目を閉じて、浅い思考の渦《うず》の底に沈《しず》んだ。

「……薩長同盟って、江戸時代の終わりのことだよね……えっと、何か外国から船がやってきたような、そうでないような……うーん、うーん……」

「あ、ペルー！」

ひらめいた真琴が明るく言った。

「は？」

廉太郎はあまりの暴言に唇《くちびる》が引きつった。横で聞いていた大輔が鼻で笑う。

「違うよ香川、ペリーだろ？」

廉太郎は一瞬《いっしゅん》気が遠くなりかけたが、何とか持ちこたえ、語気を荒《あら》げて言い放った。

「坂本龍馬《さかもとりょうま》だよ！」

「ああ、そうそう。坂本龍馬だ！」

真琴は、まるでおしい答えだったかのようにうれしそうにしている。大輔のほうも、引っかけ問題にかかったと言わんばかりの表情だ。

「あー、そっちかー」

どっちだ？

補習授業の様子をそばで見ていた合唱部の面々は、この赤点組が追試をパスすることがいかに困難なミッションであるかを思い知らされた。

「香川真琴から歌を取り上げたらバカしか残らないんだねー」と、里奈があきれ顔で近づいてきて、真琴の頬《ほお》をつねり上げる。

「……バ、バカ？」

つねられた頬をさすりながら合唱部の面々を見渡《みわた》すと、みなそれぞれに「うんうん」とうなずいている。

「そろそろウチらは部員の勧誘《かんゆう》に出なきゃなんないから、『バカ』はおとなしく自習しててくれる？」

真琴の眼前まで詰《つ》め寄って、里奈はことさらに『バカ』を強調して言った。真琴と大輔の二人は、しぶしぶ従うほかなかった。何せ追試を突破《とっぱ》しなければ部活には出られないのだから……。

合唱部が出ていこうとしたそのとき、突然《とつぜん》旧音楽室のドアが音をたてて開き、教頭の天草《あまくさ》が入ってきた。

「ここなんです」と天草が誰《だれ》かを案内する。天草の陰《かげ》から中年の男性が顔を出した。薄《うす》いブルーの作業用ブルゾンを羽織《はお》っている。オモコーの教師《きょうし》陣《じん》の中には見かけない顔だ。

「あぁ、もうだいぶ傷んでますね」

男は旧音楽室の柱を触《さわ》りながら言った。さらにキビキビと動き回って床の強度を確かめている。

「基礎《きそ》も古いんで、一度解体して建て直すのが早いでしょう」

「か、解体!?」

久々に頭を使って疲《つか》れて気が抜《ぬ》けていた真琴は、一気に覚醒《かくせい》した。

「あの、何の話ですか？」

天草に詰《つ》め寄る。天草は、何でもないことのような顔をして答えた。

「この敷地《しきち》に新しく合宿所を建てるんです」

ただごとではない、室内に緊張《きんちょう》が走った。

「でもここは合唱部の部室で……」と廉太郎が部長らしく抗議《こうぎ》したが、内心の動揺《どうよう》が隠《かく》せないのは明らかだった。

「わかってます」

天草は廉太郎を制するように答えた。

「もちろん廃部《はいぶ》まで待ちますよ。あと二週間」

天草は合唱部全員をゆっくりと見渡《みわた》しながら声高らかに言い放った。真琴はごくりと生つばを飲み込んだ。

あと二週間で合唱部が廃部……

旧音楽室は静まり返り、天草たちが出ていったあとも、みんな、言葉が出てこない様子だった。

「合唱部って廃部になるんだっけ？」

事情を知らない大輔の能天気な声が響《ひび》いた。

3

夕方、自習を終えた真琴は、校内で部員勧誘活動《かんゆうかつどう》をしていた合唱部員たちと、校門の前で落ち合った。

「あーぁ、今日も成果はゼロ」と里奈が頭を抱《かか》える。

「一年を中心に声かけたんだけど、厳しそうだな」

廉太郎も言いにくそうに続けた。

「えー！　ちゃんと全員に声かけたっ？」

真琴はすかさず不満を露《あらわ》にする。

「うるさい。真琴は今ウチらの足、引っ張ってんだぞ」

里奈が真琴にデコピンする。

「バカは追試のことだけ考えてりゃいいのよ」

美子がさらに追い打ちをかける。

「ひどいよー」

真琴をあきれ顔でからかいながらも、里奈たちは楽しそうに歩いていた。

真琴たちの後ろからついてきてそのやり取りを見ていた大輔は、ふいに神妙《しんみょう》な面持ちになり、隣《となり》を歩く祐《たすく》のほうを向いた。

「……祐、ごめんな」

「？」

「お前が疑われたとき、庇《かば》ってやれなくて」

大輔は苦い表情をしていた。自分の弱さから祐の無実を信じてやれなかったことを悔《く》いているようだった。大輔と祐の間に少しの静寂《せいじゃく》が流れた。

「なに急に？　大丈夫だよ」

祐は微笑《ほほえ》んでいた。

「うん……」

大輔の表情も、いつもの明るさを取り戻《もど》していく。二人はまた歩きだした。

先を行く合唱部員たちはすでに校門を出て、校舎沿いの歩道に出ている。真琴の赤点のことで盛り上がっているようだ。

「……仲良いんだな、合唱部って」

大輔がぼそっとつぶやいた。

「そう？　普通《ふつう》だと思うけど」

「仲良いよ……」


「桜庭！」

そのとき突然《とつぜん》、大輔に声がかかった。声の主は野球部員たち。校舎の内側から、フェンス越《ご》しに大輔に話しかけている。

「桜庭。お前合唱部に入ったの？」

「ずーっとそっちでいいぞ！　こっちは間に合ってるから！」

ハハハハハ……

野球部員たちは、笑いながら去っていった。嘲《あざけ》りを含《ふく》んだ笑い声を残して。誰《だれ》も何も言えないまま、沈黙《ちんもく》が流れた。

大輔はバツの悪そうな顔をして、合唱部の輪から後ずさりした。

「悪ぃ、やっぱ体なまっちまうからバッティングセンター寄っていくわ」

そう言って大輔は行ってしまった。笑顔を作ってはいたが、無理しているのが丸わかり。合唱部員たちは、無言で大輔を見送ることしかできなかった。


重苦しい空気の中、合唱部員たちは言葉少なに歩き続けた。誰もが大輔のことを気にしている様子だったが、口に出せる雰囲気《ふんいき》ではないと感じているようだ。真琴もしばらく黙《だま》って歩いていたが、意を決して祐に大輔のことを聞いてみることにした。

「桜庭くんてさ、昔から野球一筋なの？」

「野球以外なにも出来ない典型的な野球バカ」

「ほぉー」

真琴は、大輔に親近感を覚えた。合唱以外てんでダメな合唱バカの自分に、少し似ているみたいだ。

「でもアイツ、デッドボールで目をやっちゃって、左の視力だけ極端《きょくたん》に落ちたんだ」

祐は苦しそうな表情で続けた。

「試合にも出れないし、相当苦戦してる」

「そうなんだ……」

真琴の脳裏《のうり》に、二年生なのに部室でひたすらボール磨《みが》きをしていた大輔の姿が思い出された。

「ここにだって野球推薦《すいせん》で入ったのに、使い物にならないって……。その分、部内の風当たりも強いみたい」と祐は続けた。

真琴は祐の話を黙って聞いていた。

自分は合唱が好きでオモコーに入って、合唱部のみんなと一緒《いっしょ》に歌える喜びを味わっている。

一方、大輔は野球をやらせてもらっていない。自分が合唱を好きなのと同じくらい、大輔が野球を好きなんだとしたら、それはどんなに苦しいことだろうか……

すると、真琴の隣で何かをジッと考えていた廉太郎がつぶやいた。

「だったら桜庭、野球やめてウチに来ないかな？」

「え？」

真琴は聞き返した。

「確かに、野球部っていつも『声出し』してるし、声量はバッチリかも」

「意外といい声出すかもね」

美子と里奈たちが、廉太郎の案に賛同する。

真琴は黙ったまま、大輔が走り去った方角を一点に見つめていた。野球をやめて合唱部に来てもらう。いい考えかもしれない。ただ、それは大輔にとって幸せなことなのだろうか……

4

真琴たちの下校時刻とほぼ同じころ、快人は、とある病院の診察室にいた。

「やはり僕は手術を勧《すす》めるけどね。君の抱《かか》える『大《だい》動《どう》脈《みゃく》弁《べん》閉《へい》鎖《さ》不《ふ》全《ぜん》症《しょう》』はそろそろ限界かもしれない」

医師はレントゲンを指して言った。

「不整脈《ふせいみゃく》の症状《しょうじょう》も悪化してるようだし」

「……」

先天的に、快人は心臓血管に問題を抱えていた。

そのことに気づいたのは、小学生のときだ。

小学校に入ってから、快人は地元のスポーツクラブに所属していた。そのクラブは、競技を一種目にしぼらず、サッカー、バスケ、水泳、体操と、四つの種目を経験できるクラブだった。発達期である小学生の時期は、一つの種目を徹底的《てっていてき》にやるより、複数の種目でさまざまな動きを経験するほうが、優れた運動神経が養われる。本格的に一種目を選んでトレーニングするのは、中学生からでも遅《おそ》くないというのが、そのクラブのコンセプトだった。

ただ、幼い快人にはそんな理屈《りくつ》はどうでもよく、とにかくいろんなスポーツができるのが好きだった。勝利にこだわりすぎず、ガツガツしていないところも、快人の性格に合っていた。才能に恵まれていたこともあって、快人はどの種目にも適性《てきせい》を示した。特にサッカーではクラブのエースになっていた。

中学生からはサッカー部に入ろう、そんなふうに思い始めていた。

それは、小学校四年生のときだった。

サッカーのプレー中、胸に痛みを感じて、病院で詳《くわ》しい検査を受けた。

その結果、快人には本来三枚あるべき心臓の大動脈の弁が、先天的に二枚しかないことがわかった。すぐに問題が生じるわけではないが、弁がきちんと閉まらず、大動脈から心臓に血液が逆流する現象が起こりやすいらしい。そのせいで、胸が痛くなったり、苦しくなったりする。不整脈も起こる。心臓に負担はかかりやすく、激しい運動は制限せざるを得なかった。

快人は、中学生になってから部活には入らなかった。


高校二年生となった今、心臓への負担は、限界に近づきつつあるらしい。好きなスポーツを制限して、何度も入院して、治療《ちりょう》を続けてきたのに……

簡単な手術ではないことを、快人は知っていた。手術が成功するとは限らない、そしてもし失敗したら、……命の保証もない……

「ご両親と相談してみてくれないかな?」

「……はい」

快人は小声で答えて、再び沈黙《ちんもく》した。

5

合唱部のみんなと別れたあとも、真琴は、合唱部のことで頭がいっぱいだった。ぐるぐる考えながら歩いていたら、いつの間にか、家にたどり着いていた。見慣れた『万歳庵《ばんざいあん》』の看板の下で、お客さんと話をする母の美奈代《みなよ》の姿を見つけた。

「じゃあね、美奈代ちゃん」

「ハイ、ありがとうございましたぁー、うふふ」

母は上機嫌《じょうきげん》で店の中に入っていく。


「ただいまー」

「おかえりぃー」

満面の笑《え》みでこっちを振《ふ》り返った母の手には、一枚のメモが握《にぎ》りしめられていた。

「…何？　どうしたの？」

真琴は怪訝《けげん》そうに美奈代の手の中をのぞき込む。

「お客さんにアドレス渡《わた》されちゃってさぁ……、私もまだまだ捨てたもんじゃないのよねぇ」

「ちょ……、まだ離婚《りこん》も成立してないのに！　お、お父さんかわいそうでしょ？」

「そんなの時間の問題。そろそろ婚活《こんかつ》も有りかなー、なんてね」

「そんなの困るよー」

真琴は慌《あわ》てたが、美奈代は鼻歌まじりで一切聞いていない。

「ねぇ、こないだはお父さんのこと『まっすぐ声の出る男だった』って言ってたじゃん！　だから考え直し……」

「昔の話！」

美奈代がキッパリ言い放った。

「確かに付き合ってみたら、生き方までまっすぐだったわよ。暑苦しいぐらいに……」

美奈代は目を細めて、昔話を続ける。

「合唱部の練習もサボらないし、部活が遅《おそ》くなったら家まで送ってくれるし。そのうち何となくさ……」

「それで付き合い始めたの？」

「そう。でも、ウチには天敵《てんてき》がいたのよ……」

美奈代は厨房《ちゅうぼう》で丼《どんぶり》を洗っている万歳《ばんざい》に軽く目をやり、眉根《まゆね》を寄せて見せた。

「いつものように家まで送ってもらったら、たまたまお父さんと鉢合《はちあ》わせしちゃって……、あの人ヤンキーだったから、初対面で嫌《きら》われちゃって。お父さんったらあの人見るなり、いきなり殴《なぐ》りつけたのよ」

「えぇっ、それで、そのあとどうなったの？」

「私もお父さんの反対は押し切れなくてさ……」

美奈代は黙《だま》ってしまった。

「それにしても高校生を殴るってやり過ぎよねぇ？」

母との会話が途切れたところで、祖母の知世《ともよ》がお茶を運んできてくれた。居間のテーブルの上に置く。

「大事に育てた一人娘《ひとりむすめ》だぞ？　心配して何が悪いよ」

厨房からは、万歳がぶっきらぼうに答える。

「俺《おれ》はな、お前たちのためなら、いつでもまたアイツをぶん殴る用意は出来てるんだ」

万歳は、威勢《いせい》よく右フックを繰《く》り出しかけ……

「うっ」

顔を歪《ゆが》めたまま、動かなくなった。

＊

「おじいちゃんが、ギックリ腰《ごし》!?」

モニター越《ご》しに真弓《まゆみ》が素《す》っ頓狂《とんきょう》な声をあげる。真琴は自分の部屋に戻《もど》って、香川にいる妹の真弓とテレビ電話で話していた。

「うん。今、お母さんと病院行っとる」

「なんでそんなことになるん？」

「いや、ちょっと事情が……」

「そんで？　お母さんは元気なん？」

モニターの真弓の奥《おく》に、父の雄司《ゆうじ》の背中が見えた。

「なんか浮《う》かれとるんよ。お客さんにアドレスもろたとか言うて」

モニターの雄司の背中が、明らかにさっきよりも大きく見えた。母の話が気になって仕方がないのだろう。真弓は雄司に気づかず、話を続ける。

「ちょっとおねえちゃん、しっかりしてよー。それなら離婚の危機が進んどるやん！」

雄司の背中が、どんどん近づいてくる。なんて下手な盗《ぬす》み聞きだろう。

「真弓！　後ろ、後ろ！」

「え？」と振り向いた真弓の目に、雄司のどアップが飛び込んできた。

「うわっ！　お父さん、何？　キモイわー」

真弓は雄司をどん、と突《つ》き飛ばした。

6

翌日の放課後、旧音楽室には今日も仲良く机が並んでいる。

机の主はもちろん、真琴と大輔の赤点組。だが二人とも机に座っているだけで、とても勉強中とはいえない、集中力ゼロの状態が続いていた。そもそも二人とも、勉強の経験値が低すぎて、何から手をつけていいのかすらわからないのだ。

そんな呑《のん》気《き》な空気を切り裂《さ》くかのように、二人の机にドン、と分厚いファイルが置かれた。

真琴と大輔が驚いて顔を上げると、廉太郎、里奈、美子、アンドリュー、祐がずらっと勢《せい》ぞろいしている。

「ヤマ張って要点まとめといたから」

美子がフンと鼻を鳴らす。

「え？」

真琴と大輔は、慌《あわ》ててファイルのページをめくった。

「これ全部？」

「超大変だったよ」

アンドリューはげっそりしている。

「貸しだからね」と祐がにっこり笑う。

「ありがとー」

真琴はクルンと大輔のほうを向いた。

「これで部活に戻《もど》れるね！」

「……」

「？　桜庭君？」

「……あ、うん、そうだな」

間が空いたが、真琴に答えた大輔は明るい顔をしていた。

「あ、桜庭くんにはこれも」

廉太郎が差し出したのは、『必ず役立つ合唱の本』だった。

「何これ?」

「いや、興味あるかなーっと思いまして……」

里奈が大輔の顔をのぞき込む。

「興味ねぇよ。俺、野球で結果出さねぇとマズいし」

大輔は本を廉太郎に突《つ》き返した。そして、むきになって要点ファイルのページをめくり始めた。

7

「優里亞、ごめん!」

ここは芸能事務所の一室。

優里亞の前で手を合わせているのは、マネージャーの広田《ひろた》だ。

「実はあのドラマ、降ろされた」

「そ、そんな……。困ります。いったい何で?」

風香にも、ほのかにも、それに母にも、ドラマに出演することはもう話しているのだ。

自慢《じまん》に聞こえないように、気を使ってさりげなく……

それでいて、自分が事務所から期待されていると伝わるように……

「監督《かんとく》のイメージ的には優里亞で問題なかったんだけどさ、ウチの社長が美希《みき》を押《お》すって言い出して……」

広田が少し声をひそめて言った。優里亞たちから目と鼻の先にある応接スペースで、新人タレントの近藤美希《こんどうみき》が取材を受けている。

「えっ……」

優里亞の声がかすれた。広田はそれにかまわず続ける。

「美希はウチのオーディションを『女優部門』で通ってるだろ。だから芝居《しばい》で押してるし、どうしてもドラマ出演が必要なんだよ」

『何、怒《おこ》ってんの？　こんなこと、芸能界にはよくあることでしょ』

口では謝《あやま》っておきながら、広田の態度には、そんな思いがにじみ出ている。

「それに、優里亞は『お天気お姉さん』のイメージが強くてさ……」

ついさっき、イメージ的には私で問題ないと言ったではないか。優里亞は、わき上がる悔《くや》しさで震《ふる》え始めていた。

「今さら何言ってんの？　お天気やれって言ったのアンタじゃん……、マジ使えない」

「じゃあお天気もやめるか？」

広田はムッとした様子で返してくる。

「もういい！　帰る！」

優里亞は立ち上がって、取材を受けている美希をにらみつけ、事務所を出た。

＊

「優里亞、ドラマっていつから撮影《さつえい》なの？」

その日の夜、食事の手を止めて、母の薫《かおる》が尋《たず》ねた。義父の克己《かつみ》も顔を上げて優里亞を見ている。

義理の弟の俊介《しゅんすけ》は、黙《だま》ってローストビーフを切り分けていた。

「……年明け放送だから、秋とかかな」

「優里亞、人に見られることは、自分を磨《みが》くのに一番良い方法だよ。だから優里亞に今の事務所を紹介したし、応援《おうえん》してるんだ」

克己は満足そうな表情をした。

「うん、ありがとう」

優里亞は精一杯《せいいっぱい》笑ってみせた。


食事を終えた優里亞がキッチンで皿洗いの手伝いをしていると、薫がそっと近づいて来た。リビングの克己に気づかれないように耳打ちする。

「優里亞、わかってる？」

「？」

「私が克己さんと再婚《さいこん》したのは、あなたのためなんだからね？」

「……」

「あの人に感謝して、お仕事がんばってね」

「うん、わかってる」

優里亞はまた笑った。


二階へと続く階段を上る優里亞の足取りは重かった。階段を上がってすぐ、弟の俊介の部屋がある。優里亞の自室はその奥《おく》にあった。俊介の部屋の前を通り過ぎ、自室のドアに手をかけようとしたところで、後ろからドアの開く音が聞こえた。中から俊介が顔を出していた。

「必死じゃん」

「え？」

優里亞は、この弟が苦手だった。どこか冷めたようなところがある。

「せーっかくウチの娘《むすめ》になれたんだから、成り上がらないとね。オネエチャン」

くすっと笑って、俊介はドアを閉めた。優里亞は唇《くちびる》を噛《か》みしめた。

8

「今月も厳しいなぁー」

ある月末の夕方、合唱部副顧問《こもん》の瀬山は、通帳を片手に浮《う》かない顔で街のATMから出てきた。

「うぅー、嘆《なげ》いたところで無いもんは無いんだから、しようがない！　気晴らしに パーッと飲みにでも行くかぁ」

基本的に楽観的なのが、瀬山の長所でもあった。

「へい、らっしゃい！　お一人様で」

瀬山は手近な居酒屋を見つけて中に入った。とにかく生ビールをジョッキでぐいっと飲みたかった。

「お一人様、カウンター席へどうぞ」

店内は混んでいたが、これくらいワイワイ賑《にぎ》わっているほうが、ビールがうまい。

「お隣《となり》、失礼します」

「どうぞ」

サラリーマン風の隣の男性が席を詰《つ》めた。その声に聞き覚えがあった。

「……って、ええっ？　あ、有明先生！」

「やぁ、瀬山ティーチャーじゃないですか！　奇遇《きぐう》ですね、どうしたんです？」

「あ、有明先生こそ……、どうしたんですか、スーツなんか着て？」

こんな清潔感のある有明は見たことがない。ふだんは、ボサボサの頭にヨレヨレのシャツ、おそらくアイロンは使ったことがないだろう。

「お、唐揚《からあ》げいきましょうか？　やっぱ揚げ物が無いと寂《さび》しいですもんね」

有明は瀬山の疑問には答えず、メニューを見ながらひょうひょうと注文する。瀬山は、今度は少し声に力を込めて尋《たず》ねてみた。

「……何かあったんですか？」

「瀬山先生は、ウチに来てどのくらいになります？」

「丸二年経ちました。今三年目になります」

「教師になって後悔《こうかい》したことないですか？」

「？」

「人生やり直したいとか、思ったことは？」

「……有明先生は？」

有明は虚空《こくう》を見つめて何かを考えている様子だったが、「俺《おれ》はもっと儲《もう》かる仕事したかったなぁー。毎日毎日、下手な合唱聞かされて、給料もソコソコ。ガッカリな人生ですよ」とおどけてみせた。

「でも続けてるじゃないですか、教師も、合唱部も」

そのとき、カウンターにキンキンに冷えた大ジョッキが二つ置かれた。

「お待たせしましたー」

「おっ。きたきた！」

「じゃ、カンパーイ」

二人はジョッキをカツンと鳴らして、飲み始めた。飲んだ勢いのまま、有明が軽い調子で話し始めた。

「潰《つぶ》れないなー、合唱部。アイツのせいですよ。あの香川真琴」

本心では早く顧問をやめたいんだけど……、とでも言いたそうな雰囲気《ふんいき》だ。瀬山にもその気持ちはわかる。部活の副顧問なんて面倒《めんどう》でしかない。給料が安いんだから、余計な業務はほどほどにしてほしい。

「何なんですかね、あの子？　転校初日からずーっと合唱のことしか考えてないんですよ。まったく、やっと副顧問から解放されると思ってたのにー」

「ああいうヤツが一人いると困るんですよねー。影響力《えいきょうりょく》っていうか、感染力っていうか、みんなバカになっちゃう。合唱バカにね」

「どうしてそんなに歌いたいんだろ？」

「……それは……」

有明はひと呼吸あけて、言った。

「歌ってみればわかるんじゃないんですか？」

意気投合した二人は、その後も浴びるように酒を飲んだ。会計を済ませて店を出てからも、まだほろ酔《よ》いだ。しばらく歩いているうちに、途中で公園を見つけた。

「あー、明日も仕事だー。やだなー」

酔っ払《ぱら》って陽気になった瀬山は、子供のように公園のブランコを漕《こ》ぎだす。

「お、調子が出てきましたね、瀬山ティーチャー」

「フフ、私、本当は教師って、もっと夢のある仕事だと思ってました。生徒一人一人の可能性を羽ばたかせるぞーって。でも実際は、現実を押《お》し付けることしか出来てないんですよね……」

「まあ、それも教師の仕事ですよ。所詮《しょせん》われわれは、現実から逃《のが》れられません」

有明もブランコに乗った。

「マジかー。よし、現実上等だよコノヤロー」

「おおっ、よし、歌うぞ、瀬山ティーチャー」

有明はブランコを大きく漕ぎ、大声で歌い始めた。『マイバラード』という有名な合唱曲だ。

♪　みんなで歌おう　心をひとつにして

「ハイ!」と有明が瀬山を促《うなが》す。瀬山も続きを歌い出した。

♪　悲しい時も　つらい時も

有明はブランコから飛び降りて瀬山の手を取った。二人互《たが》いに見つめ合いながら、ハーモニーを奏《かな》でていく。

♪　みんなで歌おう　大きな声を出して
はずかしがらず　歌おうよ
心燃える歌が　歌が　きっと君のもとへ
きらめけ世界中に　僕《ぼく》の歌をのせて
きらめけ世界中に　届け愛のメッセージ

「ハハハハハ……」
ワンコーラス歌い終えると、どちらからともなく笑いが起こった。満足感がある。思いがけず、美しいハーモニーが生まれた。

「瀬山ティーチャー、歌のほうもいける口ですね」

「いえいえ。でもスッキリしたー。明日もがんばるぞー」

瀬山が拳《こぶし》を上げる。有明は微笑《ほほえ》んで言った。

「ほらわかったでしょ？　何で歌いたいのか……」


「届け愛のメッセージ」

有明は歌いながら、その場をあとにした。佇《たたず》む瀬山の耳に、まだ有明の歌が響《ひび》いていた。

9

運命のときがきた。厳しい戦いは終わった。教室には、真琴と大輔、それに瀬山の姿がある。

ついに今、赤点組二人に追試の結果が言い渡《わた》されるのだ。

「追試、お疲《つか》れ様……」

瀬山が意味ありげな表情で、真琴と大輔の顔を交互《こうご》に見回した。真琴も大輔も祈るような眼差《まなざ》しで、瀬山を見上げている。

「二人とも、合格！」

「よっしゃー！」

真琴は高々とガッツポーズをした。大輔の表情にも安堵《あんど》の色がうかがえる。

「でも二人とも、部活もほどほどにして勉強しないと、受験で泣くわよ」

テスト用紙を返しながら、瀬山が注意する。

「いいんです。歌うために勉強したのに、ほどほどになんてもったいないです」

そう、嵐《あらし》は過ぎ去った。となれば、真琴の優先順位はハッキリしている。一に合唱、二に合唱、三四がなくて、五に合唱だ。

「行こ、桜庭くん！」

「お、おう、ちょっと待って！」

足早に教室を出ていく真琴に、大輔も続いた。

「あー、やっと部活に専念できるねー」

「……」

返事が無かった。あれ？　すぐに「おう！」という大輔らしい力強い返事があることを予測していたのだが……

「ん？　どしたの？」

「ああ、なんでもない」

大輔は笑っている。真琴の中に、少し違和感《いわかん》が残った。

そのとき、どこからかピアノの音が聞こえてきた。

「これ……、俺《おれ》の大好きな曲だ」

「これ？」

「うん、なんて曲だっけなー？　前に野球の応援《おうえん》で吹奏楽《すいそうがく》がやってた。ピアノだとこんな風になるんだな」

大輔は立ち止まって、ピアノの旋律《せんりつ》にじっと耳を傾《かたむ》けている。

「新音楽室のほうから聞こえてきてる……。行ってみよう、桜庭くん！」

ダッシュで駆《か》けつけた二人は、新音楽室のドアをそっと開け、中をのぞいた。一人の少女が熱心にピアノを弾《ひ》いている。

「桐星《きりぼし》じゃん……」と大輔が小声でつぶやいた。

その少女は桐星成実《きりぼしなみ》。以前、真琴に合唱部の場所を教えてくれたクラスメイトだ。あのときも、桐星はここで一人でピアノを弾いていた。もしかして……

二人はしばらく黙《だま》って、成実のピアノに聴《き》き入った。やがて曲が終わると、大輔が口を開いた。

「よし、もう行くわ。俺には野球しかねぇからさ」

廊下《ろうか》を走り去る大輔。それを笑顔《えがお》で見送ったあと、真琴は意を決し、新音楽室のドアを開けて成実に話しかけた。

「ねぇ、桐星さん、だよね。ピアノすごくうまいんだね！」

「ありがとう」

「吹奏楽部か何かに入ってるの？」

「ううん、何にも」

「えっ、いつも一人で弾いてるの？」

「そう。私はただピアノが弾ければそれでいいから……」

「……そうなんだ……」

ちょっとだけ期待していた。その期待が、大きな希望にふくらんでいく。

「ねぇ、桐星さん！　それだったら合唱部に入らない？」

「合唱部？」

「うん、うん！　合唱のピアノの伴奏《ばんそう》してくれたら、すっごいうれしい！」

「ピアノの伴奏……？」

「うん、うん！」

「ふーん、伴奏かー」

反応は悪くなさそうだ。ここはもうひと押《お》し。

「実はね、あと二人部員を集められないと、合唱部は廃部《はいぶ》になるんだ……。だから、桐星さんに入ってもらえたら……」

いや、そこじゃない！　言い出してから真琴は後悔した。確かに事実なのだが、今押したいのはそこじゃなかった。

「あっ、でも、それだけじゃなくって……、桐星さんの伴奏で歌えたら、きっと楽しいだろうなって！　桐星さん、いつも一人で弾いてるでしょ。ピアノの音もきれいだけど、ピアノに乗せてハーモニーを作り出すのも、すっごく楽しいんだよ！」

「……うん、わかった。考えとく」

「ほんと？　ありがとー」

＊

「……というわけで、桐星さんが合唱部に入ってくれるかもしれません！」

「それ、ほんと？」

「うわー、頼《たの》む。マジ来てくれー」

里奈とアンドリューが歓声《かんせい》をあげた。

新音楽室を出たあと、真琴は、校内で部員勧誘《かんゆう》のビラ配りをしていた合唱部のみんなに合流した。少し自慢《じまん》げに、桐星の件を報告する。いつも慎重《しんちょう》な廉太郎、美子、祐もうれしそうだ。

部室に戻《もど》るために旧校舎へ向かう。校内の奥《おく》まったところにある旧校舎へ行くには、グラウンドの周囲をぐるっとまわっていく必要があった。グラウンドからは、野球部やラグビー部の練習の声が聞こえてくる。

「ヘイヘイ、桜庭。しっかりやれよ！」

ふいに大輔の名が聞こえ、合唱部の面々はグラウンドに目を向けた。その視線の先で、大輔はノックの集中砲火《ほうか》を浴びていた。泥《どろ》だらけだ。必死にボールを追って倒《たお》れ込むように飛びつく。が、ボールはそのグラブの先を抜《ぬ》けていった。追いつけない。

「ほらほら、立てよー、おまえ推薦《すいせん》なんだろー」

ボロボロになった大輔には、もはや立ち上がる力が残っていなさそうだった。

「……こりゃ、だめだ」

「ちゃんと片づけとけよ」

大輔を残したまま、ノックをやめた野球部員たちはその場を去っていった。次の練習に向かうのだろう。大輔は拳《こぶし》でグラウンドをたたいている。嗚咽《おえつ》のような声が聞こえた。

真琴も合唱部員たちは、何も言えず、ただ立ち尽《つ》くしていた。

10

真琴の母・美奈代は、夕飯の買い物を終えて帰ってきたところだった。

このところの美奈代は機嫌《きげん》がいい。呑気《のんき》に鼻歌なんか歌っている。蕎麦屋《そばや》『万歳庵』は店主がギックリ腰《ごし》で入院中であるため、今は店を閉めている。その万歳庵の店先に、初老の女性が一人佇《たたず》んでいた。

「……先生？」

「原田さーん、久しぶり！」

立っていたのは、表参道高校校長の大曽根《おおそね》だった。


「懐《なつ》かしいわねー」

店内に招かれた大曽根は、卒業アルバムのページをめくっていた。そこにはかつての合唱部の写真、まだ十八歳の美奈代や雄司の姿があった。美奈代がお茶を勧《すす》める。

「真琴がご迷惑《めいわく》かけてませんか？」

そんなことない、という風に手を左右に振《ふ》りながら、大曽根は笑って答える。

「ふふ、ビックリしたわよ。あなたにそっくりな子が歌い出すんだもん」

「すいません」

美奈代も苦笑するしかない。

「でも私は、期待してるの。ああいう遠慮《えんりょ》のない、まっすぐな子じゃないと変えられないこともあるからね」

遠慮のない、まっすぐな……そんなところを、真琴はあの人から受け継《つ》いでいる。

「で、香川くんは？」

「……香川にいます。離婚調停中《りこんちょうてい》で」

「あら、残念。お似合いだったのに。未練はないの？」

「はい、私はもう」

「でも香川くんはどうかしらね。あきらめの悪い男だから」

二人は顔を見合わせて、笑った。

＊

「お前の父親は、あきらめの悪い男でな。何度も何度もうちにやって来たよ。美奈代との交際を認めってくれって、土下座《どげざ》までしてな」

「そ、それで？」

真琴は身を乗り出した。

合唱部のみんなと別れてから、真琴は万歳が入院している病院へ来ていた。ベッドに横たわる万歳は、いつもと勝手が違《ちが》って不自由そうにしている。

祖父のギックリ腰は、これが二回目のことらしい。一回目のギックリ腰は、父に原因があるという。思いがけず父の話になった。この前、母から聞いた話の続きだ。

「俺《おれ》はな、あんなふざけた格好をした野郎《やろう》に美奈代を連れていかれるなんて、絶対に許せなかったんだ。アイツの胸倉を引っ掴《つか》んだよ。何度来ようが、殴《なぐ》ってやらんと気が済まんかった。アイツは目もつぶらず立っていたな……。俺のほうをじっと見て」

真琴は興味津々《きょうみしんしん》で身を乗り出した。

「俺はかまわず殴ろうとしたよ。だが美奈代がアイツを庇《かば》って飛び込んできてな。拳《こぶし》のほうはすんでで止めたんだが、そんとき腰をやってしまった」

「庇おうとしたんだ、お母さん……」

「あぁ……。それでアイツが俺をおぶって病院に行くって言い出してなぁ。情けなかったよ、殴ってやるはずだったアイツの背におぶわれて……」

「おじいちゃん……」

「でも、そのとき思ったんだよ。美奈代が心に決めた相手なら、信じてみようって。親ってのはなぁ、子供の一番の幸せを願ってる。理屈《りくつ》じゃねんだ。アイツが美奈代の一番の幸せなら、信じてやるのも親の務めだと思った」

「うん……」

真琴は小さくうなずいた。おじいちゃんも、お母さんも、そしてお父さんも……。みんなが優しくて愛おしかった。今ではバラバラになってしまった、家族みんなが……

11

万歳の病室を出て、真琴は一人、病院の廊下《ろうか》を歩いていた。

まだ自分の気持ちに整理がつけられない。家族のことを考えると、何かみんながボタンをかけ違《ちが》えているような、そんなもどかしさがある……

ふと見上げると、見覚えのあるクラスメイトが前を歩いていた。それは大輔の姿だった。真琴は思わずあとを追った。大輔はどこかの病室に入っていく……


「お父さん、来たよ」

大輔の父、勲《いさお》は、少し苦しそうにベッドで横になっていたが、大輔が入ってくると表情に明るさが戻《もど》った。

「おー、久しぶりだな。練習忙《いそが》しいのか？」

「うん。もうすぐ紅白戦だし」

「だったら無理に来るな。野球を一番に考えろよ」

「……副作用は？」

　大輔は話題を変えた。

「正直キツイときもあるな。でもお前が野球している姿を想像すると、こう、元気がわいてがんばれる」

　勲の顔がほころんでいる。

「調子はどうなんだ？」

「いいよー。みんな頼りにしてくれてるし、四番バッターの俺がシッカリしないとさ」

　大輔は明るく答えた。勲は満足そうにうなずいた。

「うん。で、その紅白戦っていつなんだ？」

「え？　週末の……土曜だけど」

「久々に母さんと見に行こうかなぁ……、どうやら外出許可が下りそうなんだ」

「……いや、でもただの紅白戦だし」

「それでもいい。見ておきたいんだよ、お前ががんばってるところを。そうすりゃ俺も、もっとがんばれる気がする」

勲は上機嫌で大輔に拳を突き出す。大輔が子供のころから、野球で活躍するたびに親子で交わしてきたグータッチだ。大輔も笑顔で拳を合わせた。

＊

「香川？」

大輔が病室から出ると、そこには真琴がいた。

「ごめん、偶然、桜庭くんのこと見つけちゃってさ。私もおじいちゃんが、この病院に入院してるんだ」

「そっか、聞かれちゃったか……」

大輔は真琴をロビーの長椅子に促《うなが》した。

「いやぁ気まずいなー、四番バッターなんて嘘《うそ》ついて、実際は補欠以下のクセに」

大輔は頭をかいた。

「……俺さ、赤点取って練習できなくなったとき、正直ホッとしてたんだ」

「そう、だったんだ……」

大輔は、野球にすべてのエネルギーを注いでいる。ただ、真琴が目にした野球部での大輔の姿は、決して楽しいものではなさそうだった。

「左目が使い物にならなくてさ……、思うように反応出来ねぇ。練習にもついて行けねぇ」

真琴は、祐から聞いた話を思い出した。大輔は、デッドボールの影響《えいきょう》で視力が落ちて苦しんでいるという。

「正直もう限界なんだ……」

吐《は》き出すような声がした。

「……そっか……」

大輔の苦しみが、真琴にダイレクトに伝わってくる。

あんなに泥《どろ》だらけになるまで努力して、それでもうまくいかなくて……。でも、病気のお父さんには心配かけまいと明るくふるまって……。紅白戦にはきっと出られないのに、そのことも言えなかった……

「本当はもう、やめどきなのかもな。でも今さらやめられねぇ。野球やめたら俺じゃなくなる」

そう言ったきり、大輔は黙《だま》ってしまった。大輔は、野球という苦しみの中でもがいている。意地とか、家族とか、プライドとか、思い出とか、夢とか……、いろんなことがグチャグチャになってもがいている。そんな大輔のために、何ができるだろう？

「……あのさ」

「ん？」

「桜庭くん、野球するの楽しい？」

「……ああ、楽しいよ」

少し間が空いたが、大輔は答えた。その答えに色はない。本心なのか、そうではないのか、真琴にはわからない。

でも……

答えるまでに間が空いた。大輔が自問自答したように思えた。きっと大輔は、自分の答えを見つけ出そうとしている。自分に正直に。グチャグチャなことを、少しずつ解きほぐして。

真琴の脳裏《のうり》に、祖父の言葉がよみがえった。

『親ってのはなぁ、子供の一番の幸せを願ってる。理屈《りくつ》じゃねんだ。アイツが美奈代の一番の幸せなら、信じてやるのも親の務めだと思った』

幸せを願うこと、信じること……、それが応援《おうえん》するってことなのかもしれない。

真琴は決意した。今はただ、大輔を応援すればいい。

「だったら、良かった。私も応援する！」

そう言って真琴はまっすぐ大輔を見つめた。

12

今日も成果はゼロだった。放課後、毎日のように合唱部の面々は部員の勧誘《かんゆう》に励《はげ》んでいるのだが、なかなか収穫《しゅうかく》が上がらない。

「チラシにおしゃれ感が足りないんだよねー」

里奈らしい指摘《してき》だ。

「確かにこれじゃ、集まらないって」

美子も同調する。真琴のつくった『合唱部員募集中《ぼしゅうちゅう》』のチラシは、けちょんけちょんだ。

みんなであーだこーだ言い合いながら歩いていたとき、急に、悲痛な叫《さけ》び声が耳に飛び込んできた。

「頼《たの》む！　お願いします！」

合唱部員たちはみんな、弾《はじ》かれたように声がしたほうを見た。いつの間にかグラウンドのフェンス脇《わき》にある部室棟《ぶしつとう》まで来ていたようだ。野球部の部室が見える。部室のドアは開け放たれていて、中には野球部員が三人いる。大輔もいた。その大輔の姿に、真琴たちは言葉を失った。

大輔は額《ひたい》を地面に擦《す》りつけ、キャプテンの中村《なかむら》に懇願《こんがん》していた。

「キャプテン頼む！　試合に出してください！」

「は？」

「出れるわけねぇだろ、使い物にならねぇのに」

中村が吐《は》き捨てるように言う。大輔は土下座《どげざ》をやめない。その表情は必死で、恥《はじ》も外聞《がいぶん》もかなぐり捨てている。

「そのかわり、ヒットが出なかったら、野球部から消えます」

大輔が声を振《ふ》り絞《しぼ》る。中村と、もう一人の野球部員の山崎《やまざき》が、思わず顔を見合わせた。

「ほー、絶対だな？」

「お前にそれだけの覚悟《かくご》があるんだったら、監督《かんとく》には俺《おれ》たちから頼んでやるよ」

中村と山崎は、おもしろいと言わんばかりの顔をして、その場を去った。残された大輔は、頭を地面に擦りつけたまま、顔を上げなかった。

「もしもしハスミン？」

風呂《ふろ》上がりの濡《ぬ》れた髪《かみ》をタオルでわしわし拭《ふ》きながら、真琴は電話口の蓮見杏子《はすみきょうこ》に話しかけた。杏子は小豆島に住む真琴の親友で、合唱の喜びを共にわかち合える同士でもある。

「おー真琴。なかなか連絡《れんらく》してこんけん、完全に東京の人になったかと思っとったんよ」

杏子が冗談《じょうだん》まじりにからかう。

「ごめん。ずっと忙《いそが》しぃて」

「ほな良かった。声も前より元気になっとるー」

「ほんま？」

「私にはわかるで」

やっぱりハスミンとしゃべると、ほっとする。さっきも湯船の中で大輔のことをずっと考えていたが、結局、モヤモヤしたまま出てきてしまった。でもハスミンの声を聞いて、真琴は気持ちがすっと軽くなるのを感じた。

「で？　どした？」

「ああ、ちょっと、知りたい曲があって……」

＊

翌朝、旧音楽準備室のドアがけたたましい音とともに開かれた。真琴が駆《か》け込んでくる。

「この曲のアレンジ、お願いします！」

満面の笑みで楽譜《がくふ》を突《つ》き出す。昨日ハスミンに教えてもらって、見つけた曲だった。

「またかよ……。今度は何するつもりだ？」

有明は露骨《ろこつ》に嫌《いや》な顔をした。

「応援《おうえん》です、野球部の。試合で結果出さないと、桜庭くんが野球部から追い出されちゃうんです」

「人の心配してる場合か、おまえは」

真琴にデコピンをした有明の声は、それでも優しかった。この様子なら、どうやらアレンジはしてくれるようだ。

「応援するって決めたんです！　おいくら必要ですか？」

真琴が有明の顔をのぞき込む。

「金なんかいらねぇよ」

「ほんとですか！　じゃ、お言葉に甘《あま》えて『タダ』で！」

やけに今日の有明はいい人だ。相変わらず清潔感はないままだけど、少しは合唱部顧問《こもん》としてやる気が出てきたのだろう、そう思ったのだが……

「バカ言うな。条件はあるに決まってんだろ？　これだよ、これ」

有明は、一枚の写真を真琴の目の前にかざした。お気に入りのキャバ嬢《じょう》スクラップから……

14

その日の昼休み、真琴は一目散《いちもくさん》に中庭にいるだろう快人を目指した。案の定、快人は中庭のベンチに腰《こし》かけ、購買部《こうばいぶ》で買ったパンにかぶりつこうとしている。真琴はにんまりしながら、快人の前にかき揚《あ》げ弁当を差し出した。

「え、食べていいの？」

快人の顔がぱっと明るくなる。真琴はニコニコ笑みを崩《くず》さず、うなずいた。

「ありがとう！　いただきまーす！」

快人はかき揚げ弁当をかき込んだ。

「うま！」

真琴は、快人が弁当を完食したのをしっかり確認してから、おもむろに切り出した。

「ねぇ、快人くん……、キャバクラ行ったことある？」

「！」

予想もしてなかった問いかけに、快人は口の中のものを吹《ふ》き出しそうになる。すんでのところで堪《こら》えはしたが……

「ないよ！　未成年だよ、俺《おれ》」

「実はね、あるキャバ嬢《じょう》のアドレスが必要なの。キャバクラ『晩美《バンビ》』の萌《もえ》ちゃん。有明先生には、アドレス教えてくれないんだって」

「はぁ？　俺にだって、教えてくれるわけないだろ。まったく、困ったら俺に頼《たの》めば何とかなると思ってんだろ。大間違《おおまちが》いだぞ」

「でもさぁー、食べたよね？　私のお弁当」

真琴がしたり顔で事実を突《つ》きつける。

「あー」

食べ物につられてしまった自分が恨《うら》めしい。まあ、食べても食べなくても、きっと強引に押《お》し切られていただろうけど。それに、アクセル全開で突っ走る真琴をそばでフォローをすることは、ちょっと楽しくなってきていた。でも、それにしてもキャバクラかぁ……

「よろしく！」

真琴は無邪気《むじゃき》に笑《え》みをみせる。その後も二人は漫才《まんざい》のかけ合いのような言い合いを続けた。その様子を、優里亞が遠くからじっと見ていた。

15

放課後、真琴は合唱部の練習を終えると、旧音楽室からダッシュで飛び出した。快人と『萌ちゃん』の件で待ち合わせをしているのだが、もうすでに遅刻《ちこく》気味だ。

「香川さん！」

慌《あわ》てて走っていた真琴を、優里亞が呼び止めた。何だろう？

「快人のことなんだけどね……」

優里亞は思わせぶりに、ゆっくりと話を切り出した。

「うん」

「最近仲いいみたいだから忠告してあげなきゃって思って。傷つくの香川さんだし」

「え？　何のこと？」

「快人って、いいヤツなんだけど……。女の子には誰《だれ》にでも優しいから、みんな勘違《かんちが》いしちゃうんだよね」

「へ、へー」

『勘違い』って、私が快人くんのことをどう勘違いすると……、いくら真琴でも、優里亞が何を伝えようとしているのかは察しがついた。でも、その意味することをはっきり理解するのがためらわれて、真琴はあいまいに返事をした。

そこに優里亞がストレートに切り込んでくる。

「それとも、もうキスとかされた？」

「キ、キス!?　まさか」

とんでもない。真琴は、顔が赤くなるのを自覚した。

「じゃ、手、つないだりとかは？」

「いや、ないない、ないない！」

真琴は手を振《ふ》って否定する。その『手』をやけに意識してしまい、さらに必要以上にブンブン振った。

「でも気をつけたほうがいいよー」

優里亞は真琴との距離《きょり》を詰《つ》めて、真琴の耳に囁《ささや》いた。

「快人って、ア・ブ・ナ・イから」

そう言って、優里亞は立ち去っていった。


「ないない、ないない!」

真琴は激しく動揺《どうよう》し、今度は頭をブンブン振った。

優里亞の言葉が真琴の頭をよぎる。雑念に支配されそうになる。キスだとか、手をつなぐだとか……、快人くんはただの友だちで、私と快人くんの関係は、全然そんなのじゃないんだから。

乱れる気持ちを落ち着けようと、真琴は10秒ジャンプを始めた。

「1、2、3、4……」

いつもよりハイペースだ。

「有明は通いつめてんだろうに、どうして萌ちゃんは、アドレス渡《わた》してくれなかったのかな？やっぱ不潔だからか？」

キャバクラ『晩美』をうかがえる位置にある電柱の陰《かげ》から、真琴と快人が顔を出す。ネオンきらめく夜の街。酔《よ》っ払《ぱら》いやホステスが行き交う。肌《はだ》を過剰《かじょう》に露出《ろしゅつ》したキャバクラ嬢《じょう》たちの看板の前で、太い客引きの声が響《ひび》く。

制服姿の高校生二人は明らかに浮《う》いていた。

「うーん、キャバクラに行くときは綺麗《きれい》な有明先生なんだけどね。それでも無理なんだって」

「じゃ、俺《おれ》だって無理だろ。だいたい、高校生の俺がどうやっ……」

「しっ！」

真琴が快人の言葉を制した。『晩美』から人が出てきたからだ。

「ありがとうございます。また来てくださいねー」

べろんべろんに酔っ払った男性と、きらびやかに光るドレスを着た女性だった。

「いた、あの人が萌ちゃん、萌ちゃん！」

真琴は快人の背中をドン！　と押《お》して、萌の前に突《つ》き出した。

「何？　高校生？」

萌は突然《とつぜん》目の前に現れた制服姿の高校生を訝《いぶか》しんだ。もちろん客には見えない。快人は萌の険しい表情を見て、このミッションは失敗に終わったと確信した。

「無理だよ！」

真琴を振《ふ》り返る。しかし真琴は「行け！　行け！」と手でジェスチャーを送ってくる。逃《のが》れられない。観念した快人は、萌に向き直った。

「あ、あ、あの……。アドレス教えてもらっていいですか？」

「え？　ナンパ？」

萌の表情は、相変わらず険しい。

「やっぱり……やっぱり何でもないです、すみません」

快人はくるっと背を向けた。

「ちょっと待ちなさい！」

萌の呼びかけに、快人は恐《おそ》る恐る振り返る。

「あなた……、かわいいわね」

「え？」

萌は、なでるような繊細《せんさい》な手つきで快人のアゴに手をやった。そしてクイっと自分のほうを向かせる。快人は恐怖《きょうふ》で固まった……

＊

「すごい！　ほんとに、ありがとう！」

真琴が、萌のアドレスが書かれた名刺《めいし》を胸に抱《だ》きしめる。

「……あ、あっさりゲット……」

快人は、まだ信じられなかった。こんな怖《こわ》い思いをしたのは初めてだ。正直、アゴをクイッとされたときは、何かされるかと思い緊張《きんちょう》した。いや、何かって、何だ？　俺、高校生だぞ。

どうやら萌は、快人を値踏《ねぶ》みしたようだ。そして、快人は合格だったらしい。このアドレスに連絡するのは、快人ではなく有明なのだが……

と、曲がり角で何かに気づき、快人が急に立ち止まった。すぐ後ろを歩いていた真琴は、快人の肩《かた》に顔をぶつける。

「どしたの？」

「天草だ」

「えー？」

快人の視線の先を追うと、ほろ酔い気分の天草がキャバ嬢と腕《うで》を組んでこちらに歩いてきている。もう曲がり角まで距離《きょり》がない。オモコーの制服のまま夜の街にいるところなんか見られたら、退学？　停学？　謹慎《きんしん》？　とにかく相当マズイ。

「香川、逃げるぞ」

「う、うん」

快人は真琴の手を取って走り出した。

真琴は快人に手を引かれながら走った。

夜の街を走り抜《ぬ》けている。キャバクラの看板も、街を彩《いろど》るネオンも、通りを歩く酔っ払いも、みんなぼやけて見える。真琴と快人だけが、まわりの風景から切り離《はな》されてしまったみたいだ。

天草から逃げ切ることなんて、とっくに真琴の頭から消えていた。

どうしてもつないだ手を意識してしまう。体温があがる。ドキドキする。このドキドキが、手を通して伝わらなければいいけど……

真琴は走りながら、快人の顔を盗《ぬす》み見る。快人は今、何を考えているのだろうか……

「あぶなかったなー、見つかったら面倒《めんどう》だかんな」

「う、うん……」

繁華街《はんかがい》を抜けて、表参道の駅近くまで来た。だいぶ離れたはず、ここまで来れば大丈夫だろう。

顔を上げると、快人が真琴を見つめている。真琴は、まだつないだままでいる手が急に恥《は》ずかしくなった。ぱっと振《ふ》りほどく。

「じゃ、気をつけて帰れよ。また明日」

快人は微笑《ほほえ》んで、その場をあとにした。真琴は何も言えないまま、手だけ振って快人の後ろ姿を見送った。さっきまでつながれていた手が、まだ熱い。

17

「マジかぁ、夏目はアリで、俺《おれ》はナシかぁ……」

翌日の朝、真琴は満面の笑みで『晩美』の萌ちゃんの名刺《めいし》を有明の眼前に突《つ》き出した。

「マジかぁ……」

有明は力なくソファに倒《たお》れ込む。でも、その手にはしっかり名刺が握《にぎ》られている。

「じゃ、アレンジお願いしますね」

真琴はあきれ顔で、旧音楽準備室を出ていこうとした。

「おい、そこに置いてあんだろ」

ほれ、と有明が机の上を指さす。真琴が振《ふ》り返って有明の指さす先を見ると、そこには頼《たの》んでいた楽譜《がくふ》がしっかり出来上がっていた。

「ありがとうございます！」

真琴はみるみる顔が明るくなって、楽譜を片手に旧音楽室準備室を飛び出した。


「はい、これ！」

教室に戻《もど》った真琴は、合唱部のみんなに楽譜を手渡《てわた》した。

「なぁに、これ」と里奈が不思議がる。

「土曜に野球部の試合があるの。だからこれで桜庭くんを応援《おうえん》しようと思って」

反応がない。

「僕《ぼく》たちの状況《じょうきょう》、わかってるよね？」

みんなの空気を感じ取ったのか、部長である廉太郎が、部を代表してといった雰囲気《ふんいき》で真琴に質問してきた。

「うん、もちろん」

「何とか人を集めないと、もうすぐ廃部《はいぶ》になるってことは？」

「うん、わかってる」

「そのためにも、桜庭を合唱部に入部させたいと思ってることは？」

「……はい、わかってます……」

「わかってて、でも、桜庭の野球を応援するの？」

「……」

真琴は理詰《りづ》めには弱い。

確かに、理屈《りくつ》は廉太郎の言うとおりだ。大輔の野球を応援することは、合唱部の利益には反する。それに大輔にとっても、視力のハンデを抱《かか》えたまま風当たりの強い野球部で無理するより、大歓迎《だいかんげい》される合唱部に入ったほうがいいのかもしれない。

でも……、真琴の気持ちは違《ちが》った。病院で、大輔の苦しみを知ったときから。

大輔は、きっと自分で答えを出す。答えを出すために苦しんでいる。

その答えが、合唱部にとって利益になるかどうかはわからない。けど、苦しんでいる大輔を応援したかった。

大輔の幸せを願って、大輔を信じて……

「あのー、わかってる。でも、今、桜庭くんが必死になってるのは野球なんだよ。まだあきらめてないんだ。無理になんて歌わせられないじゃん？」

やはりみんなの反応は薄《うす》い。でも訴《うった》えなきゃ。

「ほっとけないよ、桜庭くんのこと。だって、あんなにがんばってるのに。応援したいじゃん。たとえ合唱部に来てくれなくなっても、私、桜庭くんのために応援したい」

真琴は語気を強めた。

「……絶対言うと思った」

じっと聞いていた廉太郎が口を開く。その表情は明るい。

「え？」

廉太郎は、いや廉太郎以外のみんなも、反対だと思っていた。でも……

「一緒《いっしょ》に歌うよ」

廉太郎は笑っていた。

「もう真琴の行動パターンは読めまーす」

「何言っても聞かないだろうしね」

「僕《ぼく》も歌いたい。あいつのこと、応援したい……」

「必死にやれば、土曜日に間に合うかもね」

里奈、美子、祐、アンドリュー、みんなが賛成してくれる。みんな、同じ気持ちのようだ。大輔を応援したいという気持ち……

「終わったらちゃんと部員の勧誘《かんゆう》してよ」

里奈がビシッと言い渡す。

「お前、最近働いてないからな」

美子がさらに追い打ちをかける。

「……うん。みんなありがとう」

真琴は、仲間に感謝した。

18

同じころ、オモコーの表《おもて》玄関《げんかん》にほど近いベンチに、快人の姿があった。

『率直《そっちょく》に言うよ、夏目くん。そろそろ手術に踏《ふ》み切らないと、手《て》遅《おく》れになる……』

目を閉じる快人の耳に、医者の言葉が反芻《はんすう》される……

「昨日もデート？」

静寂《せいじゃく》を破る声に、快人は振《ふ》り返った。優里亜だった。

「いいなぁ、香川さんが羨《うらや》ましい」

「別にそういうんじゃねぇから」

「どうせ新しいオモチャって感じでしょ？　アッチコッチ駆《か》け回って、見てるだけでも飽《あ》きないもんね」

オモチャという表現に、優里亜のイラダチが感じられた。

「あー、確かにそうかもな」

快人は、穏当《おんとう》な表現で優里亜の話に乗った。

「俺《おれ》、アイツのファンなんだよ」

「は？」

「アイツ元気じゃん。一緒《いっしょ》にいると、余計なこと考えなくて済むんだ。くだらねぇ悩《なや》みとか、将来のこととか忘れて、今のことだけに夢中になれる」

正直な気持ちだった。真琴に振り回されている一瞬《いっしゅん》一瞬は、病気のことも、手術のことも忘れていられる。不安が頭をめぐることもない。無理して明るく振《ふ》る舞《ま》う必要もない。彼女に引っ張られて、自分にも命のエネルギーが満ちあふれる。

快人の瞳《ひとみ》は一点を見つめていた。優里亞を映してはいない。優里亞は、真琴への嫉妬《しっと》に肩《かた》が震《ふる》え出すのを止められなかった。

19

有明はグラビアをめくる手を止め、イライラした様子で旧音楽室のほうを見やった。夕方からずっと、旧音楽室には合唱部員たちの練習の声が響《ひび》いている。

曲は『ＴＯＭＯＲＲＯＷ（トゥモロー）』。二十年ほど前に、岡本真夜《おかもとまよ》が歌って大ヒットした曲。

それを有明自身が合唱用にアレンジして、今朝、真琴に渡《わた》したのだが……、こんな仕上がりになるはずはない。

　いや、俺《おれ》はもう合唱の指導はしない。そう心に誓《ちか》っている。

　有明はグラビアを放り上げて、ヘッドホンをつけた。なのに、頭の中で鳴り響く部員たちの声が止まらない……、我慢《がまん》できずに立ち上がった。

　旧音楽準備室のドアを大きな音とともに勢いよく開ける。部員たちがびっくりして固まった。

「さっきから聴《き》いてるんだけど、アンサンブルの基本が全然なってねぇぞ」

「？」

「香川、アウフタクトの食いつきが悪い。もっと裏拍を感じろ。佐々木とアンドリュー、ピッチが不安定だ。ちゃんと腹筋で支えることを意識しろ。引田、まわりと音色が合ってない。もっとみんなの声を聴け。相葉と宮崎、声量が足りない。それじゃベースとしてハーモニーを支えられないだろ」

　一気にまくし立てた有明に、一同、呆気《あっけ》にとられた顔になる。

「あ、いや、あのー」

　……やっちまった。

「今のは、瀬山先生が……」

有明は必死に取り繕《つくろ》おうとした。

が、真琴は早くもとびっきりの笑顔《えがお》を見せている。指導を受ける気満々のようだ。仕方ない、ちょっとだけ、アンサンブルの基本だけ……

20

紅白戦が行われる土曜日を迎えた。

真琴たち合唱部は、緊張《きんちょう》した面持ちでグラウンドに集まった。野球部のグラウンドには、五段ほどの簡易的な応援《おうえん》スタンドがある。そこに固まって陣取《じんど》った。

野球部は、オモコーの中でも看板となる部活の一つ。かつて二度、夏の甲子園《こうしえん》にも出場したことがある。紅白戦の噂《うわさ》を聞いて、合唱部以外にも野球好きの生徒がちらほら集まっていた。大輔が紅白戦に出るらしいという噂を聞きつけ、快人も観戦に来ていた。いつもは新音楽室でピアノを弾《ひ》いてばかりの成実も、今日は珍しく、応援スタンドの端《はし》に座っている。

生徒たち以外にも、野球部員の父母だろうか、大人の姿も何人かあった。その中に、大輔の両親もいる。大輔の父・勲は、母に車椅子《くるまいす》を押《お》してもらっていた。

「礼！」

審判《しんぱん》の声がグラウンドに響《ひび》き渡《わた》る。

両チームの選手が、グラウンドとベンチに散っていった。

「おい！」

ベンチに戻《もど》っていこうとする白組の大輔を、紅組《あかぐみ》キャプテンの中村が呼び止めた。

「監督《かんとく》には言ってある、試合には必ず出してやる。でもわかってるな。ヒット打てなかったら退部だからな？」

「わかってる……」

大輔は口を固く結んだ。

先攻《せんこう》は紅組。守備につく白組のスターティングメンバーに、大輔の姿はなかった。観客席の勲は不安そうな顔をした。

「母さん、大輔は出ていないな。怪我《けが》でもしたんだろうか？」

「そうね、心配ですね」

ベンチにいる大輔は、両親の姿を視界の端にとらえていた。会話を交わしている。どんな話をしているのか、想像はついた。なにせ四番バッターだと嘘《うそ》をついているのだ。ただ、今さら体裁《ていさい》など気にしていられなかった。今日は、自分の選手生命をかけた試合。それに、出番は必ずくる。

「プレイボール！」

審判の掛《か》け声《ごえ》とともに、試合が始まった。マウンドでは、紅組のピッチャー中村が第一球を投げる。伸《の》びのある速球で、白組の一番バッターは完全に振《ふ》り遅《おく》れた。

「うわー、球走ってんなぁ」

スタンドで快人が肩《かた》をすくめる。

大輔はベンチから中村を凝視《ぎょうし》した。中村のストレートは135キロほど、変化球はスライダーとフォークの二種類を投げる。大輔はストレートに狙《ねら》いを絞《しぼ》っていた。視力が落ちて以降、変化球は苦手だった。落ちたのは左目の視力。もちろん眼科に通い、コンタクトレンズを入れている。だがコンタクトで矯正《きょうせい》しても、左目は0・3以上見えるようにならなかった。

人は左右の目で、遠近感をつかむ。左右で視力が大きく異なると、その遠近感に誤差が生じる。たとえ日常生活では影響《えいきょう》ないレベルでも、鋭《するど》く変化するボールの軌道《きどう》をとらえることは難しかった。ただストレートなら、ある程度ボールの軌道は予測できる。大輔はそれにかけていた。速球を打たなくてはならない。

試合は投手戦になった。

両チームとも得点を奪《うば》えないまま、0対0で八回まで進む。

八回の裏、大輔の白組がランナー二塁《にるい》のチャンスを迎えた。大輔はベンチ裏で素振《すぶ》りを始めた。

ここまでしっかり、ベンチから中村のストレートの軌道を焼きつけている。あとは、その軌道を信じてスイングするしかない。準備はできていた。

「桜庭くんだ……」

素振りをする大輔に、真琴は気がついた。スタンドの期待が否《いや》が応《おう》にも高まる。勲も「ここか」という顔で大輔を見つめている。

しかし……、この回、代打は告げられなかった。白組のバッターはピッチャーフライに倒《たお》れて、チャンスを逃《のが》した。

「桜庭、なかなか出てこないな」

まわりをうかがいながら、廉太郎がつぶやいた。合唱部員たちに動揺《どうよう》が広がっている。

「残りは？」

美子が、誰《だれ》にともなく問いかける。

「あと一イニング。きっと出てくるよ。でも、そこでもし打てなかったら……」

祐が不安そうに答えた。

九回表、白組は連打で二点を奪われた。これでスコアは0対2。

紅組のピッチャー中村は、打線の援護《えんご》によって二点を得たことに気を良くしていた。あと一回を抑《おさ》えたら終わり、楽なものだ。中村はマウンドから、気まぐれに白組ベンチを見やった。そこでは、相変わらず大輔がベンチ裏で素振りを続けていた。

「この回でアイツも終わりだな」

中村は、酷薄《こくはく》な笑《え》みを浮《う》かべた。

それでも九回裏、白組は一アウトから、フォアボールとヒットで二人のランナーを出した。ここでホームランでも出たら、一気に逆転という場面。予断を許さない状況《じょうきょう》になり、誰もが固唾《かたず》を飲んでグラウンドに注目している。そしてついに……大輔の出番がおとずれた。

「代打、桜庭！」

ワーッと、スタンドの合唱部員たちが一気に沸《わ》いた。

「がんばれー、大輔ー」

勲が声を震《ふる》わせながら、力一杯《ちからいっぱい》声援を送る。大輔は客席の勲を見て、大きくうなずいた。

「桜庭くん、がんばれー」

真琴も精一杯《せいいっぱい》声を振り絞った。

大輔はネクストバッターズサークルで、何度も素振りを繰《く》り返した。ひと振りひと振り、雑念を振り払《はら》うかのごとく。この一打席にすべてがかかっているんだ、集中しろ。

大輔は緊張の面持ちでバッターボックスに向かった。遠くにみんなの声援が聞こえる。

みんなの、父さんの期待に応《こた》えるんだ。俺《おれ》は、野球を続け……


……バッターボックスの手前で、大輔の足が止まった。

今まで、何度バットを振ってきたことだろう。そのすべてが、無駄《むだ》になってしまうかもしれない。このバッターボックスで、すべてが終わってしまうかもしれない……

ひざから崩《くず》れ落ちる。みんなの声援も、父さんの声も聞こえない。聞こえるのは、自分の荒《あら》い息遣《いきづか》いだけだった。

＊

大輔が野球を始めたのは、小学校二年生のとき。イチローに憧《あこが》れたのがきっかけだった。初めてスタジアムにイチローを見に行く日は、前の晩、興奮してまったく眠《ねむ》れなかった。そのせいで翌日スタジアムで眠くなり、肝心《かんじん》のイチローのヒットを見逃してしまった。

イチローのようになりたくて、毎日毎日、バットを振った。父が仕事から帰ってくると、必ず近くの河川敷《かせんじき》グラウンドに出向き、ボールをトスしてもらって打ち込んだ。父が休みの日には、バッティングセンターに連れていってくれとねだった。

小学校高学年のころからは、体も大きくなって、所属チームの主力選手になった。六年生の秋のシーズン、八本のホームランを打ってチームを優勝に導いた。そのホームラン数は、当時のボーイズリーグ新記録だった。

中学時代も活躍を続け、オモコーに野球推薦《すいせん》で入学した。オモコーは甲子園常連校ではなかったが、自分の力で強くしてチームを甲子園に連れていこうと意気込んでいた。一年生のときの新人戦、都大会の準決勝でサヨナラホームランを放った。監督は「今日の勝利は桜庭に尽《つ》きる」と絶賛してくれた。

すべてが順調だった。翌日の決勝戦、あのデッドボールを受ける日までは……

＊

弱気に崩れ落ちた大輔の姿を見て、マウンド上で中村がニヤリと笑った。勲は心配のあまり、車椅子から身を乗り出す。

「桜庭、どうした？」

審判が不審に思って尋《たず》ねてくる。

早く立ち上がらなきゃ、いったい何をしているんだ、俺は。だがどうしても、バッターボックスに入る勇気が……

♪　涙《なみだ》の数だけ強くなれるよ
アスファルトに咲く　花のように
見るものすべてに　おびえないで

大輔の耳に、あの大好きな曲が聞こえてきた。サヨナラホームランを放ったあの日、吹奏楽部《すいそうがくぶ》が演奏《えんそう》していた曲。

今、大輔の耳に届いているのは吹奏楽部の演奏ではない。真琴、祐、廉太郎、美子、里奈、アンドリューの歌声、合唱部のハーモニーだった。両チームの選手や客席もざわつき始める。大輔がゆっくりと顔を上げる。応援スタンドで立ち上がって、合唱部員たちが歌っていた。

「打て、桜庭！」

快人が叫《さけ》ぶ。

「行け、大輔……」

祈るような表情で、勲が大輔を見つめる。車椅子を引く母の目には、もう涙があふれている。

大輔はグリップをしっかり握《にぎ》り締《し》めた。力強くうなずく。そして立ち上がって、バッターボックスに入った。

チッと小さく舌打ちして、ピッチャーの中村が一球目を投じた。大輔は全力でスイングした。

「ストライーク」

大輔のバットが空を切る。ストレートに振り遅れた。大輔はひと呼吸おいて、再び構える。

♪　ビルの上には　ほら月明かり
抱《だ》きしめてる　思い出とか
プライドとか　捨てたらまた
いい事あるから

「ストライク、ツー」

またも大輔のバットが空を切った。ストレート二球で追い込まれた。しかし動揺はない。

三球目。

中村の投じたスライダーを大輔はファウルした。苦手な変化球。なんとかファウルした。この試合が始まる前、大輔は、中村のストレートに狙いを絞ると決めていた。だがもはや、そんなことは大輔の頭から消えていた。どんな球を空振《からぶ》りし、どんな球をファウルしたのかもわかっていない。来た球を打つ。大輔は無心になっていた。

♪　涙の数だけ強くなろうよ
風に揺《ゆ》れている　花のように
自分をそのまま　信じていてね
明日は来るよ　どんな時も

四球目。

中村の投じたストレートは、大輔の顔面近く、内角高めにえぐり込んできた。大きくのけぞって大輔がよける。

危ない！　合唱部の歌が止んだ。

ヘルメットが飛び、大輔がバッターボックスに仰向《あおむ》けに倒れ込む。みんながバッターボックスを見つめた。里奈が反射的にグラウンドに飛び出そうとするのを、真琴が制した。

大丈夫、大輔はゆっくりと動き出した。立ち上がって、再び堂々とバットを構える。その表情に恐《おそ》れや困惑《こんわく》の色はなかった。グリップを持つ手に力を込めて、マウンドの中村を見据《みす》えている。

チッと、中村はまた舌打ちした。揺さぶりは効かなかったようだ。あのデッドボールを思い出させたはずなのに、大輔は及《およ》び腰《ごし》になっていない。それどころか、構えに威圧感《いあつかん》がある。

こんなヤツだったか、桜庭って？

♪　涙の数だけ強くなれるよ
　アスファルトに咲く　花のように

真琴は再び歌い出した。部員たちを促《うなが》す。
合唱部のみんなも大きくうなずいて、また歌い始める。

♪　見るものすべてに　おびえないで
　明日は来るよ　君のために

快人が合唱に合わせてメガホンを鳴らす。いつの間にか応援スタンドにいる観客たちも口々に歌い始め、メガホンを鳴らし出す。勲は固く拳《こぶし》を握り締め、大輔を見守った。

♪　涙の数だけ強くなろうよ

風に揺れている　花のように
自分をそのまま　信じていてね
明日は来るよ　どんな時も
明日は来るよ　君の……

カキーン！


鋭い金属音が、歌声を越《こ》えて響いた。

五球目。

高めに入ったストレートを、大輔がフルスイングした。ボールはレフト方向へ、高く高く舞《ま》い上がる。

グラウンドにいる全員が、打球の行方《ゆくえ》を追った。鋭く、遠く伸びる。大輔が走り出す。

「行けー‼」

21

すっかり日が落ちて、グラウンドの照明塔《しょうめいとう》が点灯している。その光に照らされて、大輔はグラウンドの真ん中に静かに佇《たたず》んでいた。選手たちも、スタンドの観客ももういない。

「お疲《つか》れさま」

真琴が大輔に声をかけた。合唱部のみんなも歩み寄る。

「うん、終わった……」

スコアボードの九回裏には「0」の数字が刻《きざ》まれている。大輔の打球は、フェンス直前でレフトの好プレーに阻《はば》まれてしまった。あと一歩だった……

「応援《おうえん》、ありがとう」

大輔は真琴たちに礼を言うと、まだ客席に残っている勲のところまで歩いていった。

「父さん、……ごめん」

勲は黙って聞いている。

「ずっと嘘《うそ》ついてた。父さんにも、自分にも」

真琴たちは大輔を見つめていた。

「俺《おれ》の野球は……、とっくに限界だったんだ」

大輔の声がうわずる。

「でもそれを認めるのが怖《こわ》くて、逃げ出すのが怖くて、言い出せなかった」

勲は、何かに耐《た》えるように、歯をくいしばって聞いている。

「でも、もう自分に嘘をつくことはできません」

大輔は眼に涙《なみだ》を浮《う》かべて、深々と頭を下げた。

「父さん、野球をやめさせてください。……ごめんなさい」

黙って大輔の告白を聞いていた勲は、ゆっくりと車椅子《くるまいす》から立ち上がった。そして自らの足で、一歩一歩踏《ふ》みしめるように、大輔のところまで歩いてきた。

「大輔」

勲は大輔に拳《こぶし》を突《つ》き出して言った。

「ごめんな」

あの大輔が、野球のこととなるといつも夢中になり、必死になって努力する大輔が、もう限界だと言っている。「もっとがんばれ」なんて、とても言えなかった。自分の期待も、大輔を苦しめてきたに違《ちが》いない。

『あきらめる』の語源は「明らかに観る」ことだという。大好きな野球で限界を感じること、大好きな野球をあきらめることは、大輔にとって、どんなに辛《つら》かったことだろう。でもやっと、大輔は「明らかに観る」ことができたのかもしれない。これからきっと、大輔に新しい道が始まる。それは、大輔にとって幸せなことだ。子供の一番の幸せを願わない親がどこにいる……

勲は、拳に力を込めた。目に涙がにじんだ。

「……うん」

大輔の目から涙があふれ、勲に拳を突き返す。

野球では、これが最後のグータッチ……。そして勲は力強く大輔を抱《だ》きしめた。

真琴たちは、そんな二人の様子をいつまでも見守っていた。

22

「桜庭くん、かっこ良かったね」

真琴が合唱部のみんなを振《ふ》り返る。グラウンドをあとにして、合唱部員たちは、旧音楽室へ戻《もど》ろうとしていた。

「応援《おうえん》して良かった」

里奈が真琴に答えて言った。

今日の試合は、みんなそれぞれに感慨深《かんがいぶか》いものがあったようだ。

「さあ、僕《ぼく》たちもがんばらなきゃ。何としてもあと二人、部員を確保しないと」

廉太郎は決意を新たにしている。廉太郎にうなずきながら、真琴は旧音楽室のドアを開いた。


「え、ちょっと!!」

真琴が素《す》っ頓狂《とんきょう》な声をあげる。

「おぉー」

着替え中の男子生徒がいた。ズボンが腿まで下がった状態で慌《あわ》てふためいている。トランクスがまる見えだ。

「何してんの!?」

着替えていたのは大輔だった。真琴は手で顔を隠《かく》して見ないようにしながら、旧音楽室へ入った。

「いや、やめてすぐなのに、部室であいつらに会っちゃったら気まじぃだろ?」

大輔は、苦笑いしている。

「それに、どうせここで世話になるつもりだし」

「ここって？」

廉太郎が聞き返す。

「……え、合唱部？　入ってくれんの？」

里奈が驚《おどろ》いて、目を大きく見開いた。

「ダメか？　応援の合唱、かなり感動したんだけど……」

照れくさそうに、だがはっきりと。大輔は、野球に対する気持ちに整理をつけ、自分の意志で合唱部に来てくれた。

「合唱部にようこそ！　桜庭くーん!!」

真琴は大輔に飛びついた。里奈も、みんなも続く。大輔を囲んで、合唱部は一つの輪になった。

「アンタ、確かに、声量は期待できるかもね」

美子が大輔を観察しながら言う。

「おう、声のデカさなら自信あるぜ」

「いや、大きければいいってもんでもないけど、そもそも合唱とい……」

「あー、でもこれで残る部員はあと一人だよー」

里奈が廉太郎のうんちくを遮《さえぎ》る。

輪の中から、喜びがあふれ出していた。


と、そのとき旧音楽室の扉が開いて、なぜか教頭の天草が入ってきた。

「君たち、何かいいことでもあったんですか？」

「部員が一人増えたんです」

真琴が大輔の肩《かた》に手を乗せ、無邪気《むじゃき》に答える。

「それは……残念でした」

え、どういうことだろう？　天草の後ろからヘルメットをかぶった男が三人、次々と部屋に入ってくる。いつか見た、薄《うす》いブルーの作業用ブルゾンを着て……

「あの……、廃部《はいぶ》の期限はまだ先ですよね？」

廉太郎が天草に尋《たず》ねる。

「いやー、業者さんの都合で、ここの解体を早めることになりまして」

「ちょっと待ってください。約束が違《ちが》います」

真琴は天草に詰《つ》め寄った。天草はそれには取り合わず「さあ、始めてください」と業者に促《うなが》した。真琴はもはや絶叫《ぜっきょう》していた。ちょっと待ってー……

「すいません！」


喧騒《けんそう》を切り裂《さ》き、はっきりとした声がした。見るとドアのところに、一人の少女が立っている。いつも新音楽室で一人でピアノを弾《ひ》いていた少女、桐星成実だった。

「入部したいんですけど……」

「え？」

合唱部一同は耳を疑った。

「伴奏《ばんそう》、いるでしょ」

成実はそう言って、手でピアノを弾くジェスチャーをした。

「本当に？」

「うん」

成実は真琴にうなずいた。

「私も、今日の試合見てたんだ。ほんとは、一人でピアノが弾けるだけでもいいかなぁと思ってたんだけど、今日の試合で香川さんたちが歌ってるのを聴《き》いて、みんなでやるのも楽しいのかなって思った」

「ってことは……」

真琴たちは顔を見合わせる。

「八人そろったー!!」

「オーッ!」と歓喜《かんき》の雄叫《おたけ》びをあげ、腕《うで》を突《つ》き上げる。それだけで収まらずピョンピョン飛び跳《は》ねる。

一同は、肩《かた》を組み合い輪になってジャンプした。部員になったばかりの大輔も高く跳ねる。一人落ち着いていた成実も、巻き込まれるように輪の中に入った。

喜びを爆発させる合唱部員たちを、天草だけは苦々しく見ている。しかし部員たちの目には入らない。

規定の人数がそろい合唱部は復活した。思う存分歌うことができるのだ。

やっと道が開けた。真琴はそう思った。

この道を進んでいけば、きっと願いがかなう。きっと、かなう……

アンコール

部活が終わって家に帰って、自分の部屋に入ると大きく伸《の》びをした。

「はぁー、今日も疲《つか》れたー」

でもそれは心地いい疲れだった。合唱がこんなに全身を使うなんて知らなかった。私、引田里《ひきたり》奈《な》は表参道《おもてさんどう》高校の二年生。つい最近、合唱部員になった。

合唱の練習は案外ハードだ。ちょっと体も引き締《し》まった気がする……そうだといいな。

制服のままベッドの上に寝《ね》ころぶと、パタッと何かが顔の横に落ちた。

「わっ！」

びっくりしながら落ちたものを見る。

「あ……」

それは派手な仮面とネコ耳のカチューシャだった。フックに引っかけて壁《かべ》に飾《かざ》っていたものだ。いつの間にかフックからズレていたのが、振動《しんどう》で落ちたんだろう。

そういや最近、ほったらかしだな……

パソコンを立ち上げ、動画サイトを開いた。検索欄《けんさくらん》に『ネコ娘《むすめ》　アイドル』と打ち込むと、ハロウィンの仮装のような、フリフリのドレスで歌い踊《おど》る女の子の映像が並ぶ。

これは全部私だ。顔と名前を隠《かく》してネコ耳をつけて、歌っているところを自撮《じど》りして、サイトにアップした。完全な自己満足で始めたけど、ネットアイドルとしてインターネットの片隅《かたすみ》で、それなりに人気を集めている。

このことは秘密だ。だって冷静に考えると、これはちょっとイタい。本当はアイドルじゃないのに、アイドルのマネごと。学校でも話題になったけど、私だと気づいた人はいなかった。それなのに……

たった一人、見抜《みぬ》いた子がいた。顔は隠しても、声だけでわかったと言っていた。香川真琴《かがわまこと》。転校生、KY、合唱バカ……変な子だ。その真琴は、こう言った。

――好きなことなら笑われてもいい。

アニメとか鉄道とか、それに合唱とか、何か夢中になってる人のことを、私はバカにしていた。そんなオタクっぽいことしてたら圏外《けんがい》だって。

でも本当は私も、みんなに言ったら笑われるかもしれないくらい好きなことがあった。

それはアイドル。ちっちゃいころからずっとだ。

『モーニング娘。』『AKB48』『ももクロ』。全部好きだ。正統派《せいとうは》アイドルじゃない地下アイドルにも、実は好きなグループがある。
彼女たちが歌うとウキウキする。自然に笑顔《えがお》になる。そんな太陽のような存在に憧《あこが》れていた。
そして私は歌うことも大好きだった。だから、私、本当は……

「……やばっ」

有り得ない考えが頭に浮かんで、慌《あわ》てて打ち消した。

パソコンを消そうとすると動画の再生回数が目に入った。ほったらかしの間に少し増えている。見てくれる人がいるのは、やっぱりうれしい。新しいコメントもあった。

『次の動画はいつ？』『新しい歌聴《き》かせて』などなど。『〇〇歌って』というリクエストも多い。

そんなリクエストの中にこんな言葉があった。

『レリゴー歌って！』

『Ｌｅｔ　Ｉｔ　Ｇｏ（レット　イット　ゴー）～ありのままで～』。通称《つうしょう》、レリゴー。大ヒットしたアニメ映画『アナと雪の女王』の主題歌だ。好きな歌だし、映画も観た。

そういえば歌ってなかったな。動画の投稿《とうこう》を始めたころは、あまりに流行り過ぎて、ちょっとなーという感じだった。今歌うのはどうだろう？　タイミングを逃《のが》したかな。

「里奈ー、ごはんよー」

「はーい！」

ママの声で現実に引き戻《もど》された私は、パソコンを閉じた。

テレビを見ながら唐揚《からあ》げをかじると、ママがふいに質問して来た。

「里奈、あんた志望校決めた？」

「うーん、まあ……」

私ももう高校二年生だ。そろそろ進路を決めなきゃいけない。

「贅沢《ぜいたく》はいわないけど……そうねえ、そこそこの大学だったらうれしいわね」

そこそこの大学って、どのへんだろう？　慶應《けいおう》とか、上智《じょうち》とか、青学《あおがく》とかのことじゃないよね。

それはちょっと高望みだと思う。でも、自分でいうのもなんだけど、成績はそんなに悪くないほうだ。がんばれば結構いい大学に入れるかもしれない。

「あ、もちろん都内の大学よ。家から通うんでしょ」

「うん」

普通《ふつう》に大学行って、普通に就職して、普通に結婚する。親はそう思ってる。自分でも、そんな感じだろうなってぼんやり考えてる。まあ、今は就職難らしいけど。

だけど「将来」のことを思い浮かべる度、胸の隅《すみ》に引っかかるものがあった。

夕食後、お風呂《ふろ》に入っていると、レリゴーの歌詞が口から自然に出てきた。カラオケで何度か歌ったから歌詞は覚えている。

♪　降り始めた雪は　足跡《あしあと》消して
真っ白な世界に　ひとりのわたし
風が心にささやくの
このままじゃ　ダメなんだと

とまどい　傷つき
誰《だれ》にも　打ち明けずに　悩《なや》んでた
それももう　やめよう

あれ……なんか涙《なみだ》が出る。なんでだろ？　いい歌だから？

♪　ありのままの　姿見せるのよ
　　ありのままの　自分になるの

……わかってる。

『ネコ娘』になって、仮面をかぶって歌っていたのは、ありのままの私を見せるのが怖《こわ》かったから……。

変に目立つのは嫌《いや》だ。

バカにされたくなくて「一軍」という立場にしがみついていた。まわりの目を気にして、いつもビクビクして、優里亞《ゆりあ》や風香《ふうか》やほのかに気に入られることだけ考えてた。『ネコ娘』という別のキャラになりきったときだけ、私は自由だった。

だけどあの日――真琴たちとステージで歌ったとき、すべてが変わった。ずっと心にまでつけていた仮面がひきはがされた感じ。すべてむき出しにされるのは怖い。だけど生身の体にたくさんの拍手を受けたとき、心がふるえるほどの感動があった。

♪　何も怖くない　風よ吹《ふ》け
　少しも寒くないわ

「里奈！　いつまで入ってるの？」

「……ふぁーい」

のぼせる直前でお風呂から上がる。冷たい水を飲んで頭をさました。

机の引き出しにしまっておいた雑誌《ざっし》を取り出す。十代の女の子向けのファッション誌。最後のほうのページに、大手レコード会社のオーディションの広告があった。

応募《おうぼ》の締《し》め切りは明日だ。当日消印有効だから。ギリギリ間に合う。間に合ってしまう。

どうしよう……。迷う頭の中に、歌が聞こえてきた。

♪　悩《なや》んでたことが　うそみたいね
　だってもう自由よ　なんでもできる
　どこまでやれるか　自分を試したいの
　そうよ変わるのよ　わたし

私はペンとデジカメを机の上に置いた。クローゼットを開け、服を選ぶ。

自分を試したい。

胸に引っかかっていたのは、その思いだった。

♪　ありのままで　空へ風に乗って
　　ありのままで　飛び出してみるの
　　二度と　涙は流さないわ

朝になった。私はいつもより早く家を出た。

ポストの前で立ち止まる。手にした封筒《ふうとう》には、写真と履歴書《りれきしょ》が入っている。オーディションへの応募書類だ。コンビニで買った切手もちゃんと貼《は》ってある。

なのに……、いざとなると手が止まる。私は覚えたばかりの腹式呼吸で、大きく息を吸って吐《は》き出した。

エイッ！

封筒はポストの中にコトンと落ちた。

どうなるかなんてわからない。ただ一つ決めていることがある。もし書類審査《しんさ》が通ったら、審査員の前ではあの歌を歌おう。今の自分にぴったりの歌だから。

胸を張り、朝の澄《す》んだ空気を吸い込むと、小さな声でその歌を歌った。

♪　冷たく大地を包み込み
高く舞《ま》い上がる　想《おも》い描いて
花咲く氷の結晶《けっしょう》のように輝《かがや》いていたい
もう決めたの

これでいいの　自分を好きになって
これでいいの　自分信じて
光あびながら　歩きだそう
少しも寒くないわ

○参考文献
監修：清水敬一『必ず役立つ合唱の本』（ヤマハミュージックメディア）
青島広志，安藤應次郎『はじめよう！合唱　あなたにそっと教える発声から指揮まで』（全音楽譜出版社）
文：秋山浩子，監修：山崎朋子『文化系部活動アイデアガイド　合唱部』（汐文社）

表参道高校合唱部！　涙の数だけ強くなれるよ

2016年2月16日　第1刷発行
2017年5月24日　第8刷発行

脚本　櫻井剛
小説　桑畑絹子
発行人　金谷敏博
編集人　川畑勝
編集長　安藤聡昭
企画協力　目黒哲也

発行所　株式会社　学研プラス
〒141-8415　東京都品川区西五反田2-11-8
印刷所　大日本印刷株式会社

この本に関する各種お問い合わせ先
【電話の場合】
●編集内容については　☎ 03-6431-1581（編集部直通）
●在庫、不良品（落丁、乱丁）については　☎ 03-6431-1197（販売部直通）
【文書の場合】
〒141-8418　東京都品川区西五反田2-11-8
学研お客様センター『表参道高校合唱部！』係

この本以外の学研商品に関するお問い合わせは下記まで。
☎ 03-6431-1002（学研お客様センター）

ISBN 978-4-05-204365-9　NDC913　288P